COMMENT TUER UN MONSTRE

D'autres livres de R.L. Stine
qui te donneront la

CONCENTRÉ DE CERVEAU

LES ÉPOUVANTAILS DE MINUIT

LE FANTÔME DE LA PLAGE

LA MAISON DES MORTS

LA MALÉDICTION DE LA MOMIE

LE MUTANT AU SANG VERT

SANG DE MONSTRE

COMMENT TUER
UN MONSTRE

R.L. STINE

Éditions
SCHOLASTIC

Catalogage avant publication de Bibliothèque
et Archives Canada

Stine, R. L.
Comment tuer un monstre / R.L. Stine;
texte français de Nathalie Vlatal.

(Chair de poule)
Traduction de : How to Kill a Monster.
Pour les jeunes de 9 à 12 ans.
ISBN 0-439-96250-1

I. Vlatal, Nathalie II. Titre. III. Collection :
Stine, R. L.   Chair de poule.

PZ23.S85Comb 2004   j813'.54   C2004-903453-7

La présente édition publiée en 2004 par les Éditions Scholastic,
175 Hillmount Road, Markham (Ontario) L6C 1Z7.

5 4 3 2 1   Imprimé au Canada   04 05 06 07

— Pourquoi vous nous obligez à aller dans ce trou perdu? demandai-je en pleurnichant, assise à l'arrière de la voiture.

— Barbara, je te l'ai répété mille fois, répondit papa en soupirant. Il faut que je sois à Atlanta demain, avec Lucie. Et il n'était pas question de vous laisser seuls à la maison.

— Oui, je sais, mais on pourrait vous accompagner au lieu de... de rester trois jours chez grand-papa et grand-maman, insistai-je en me penchant vers le siège avant.

— Non, c'est comme ça et pas autrement, déclarèrent-ils d'une seule voix.

Quand papa et Lucie avaient décidé quelque chose, personne ne pouvait les faire changer d'avis. Découragée, je me laissai retomber lourdement sur la banquette.

Le matin même, mon père avait reçu un coup

de téléphone. Ensuite, il nous avait annoncé qu'il devait se rendre à Atlanta pour un travail urgent et qu'il emmenait Lucie.

« Ce n'est vraiment pas juste, pensai-je. Ils vont profiter d'une ville intéressante, pendant que Colin et moi, on va s'ennuyer à mourir au milieu d'un marais. Ou plutôt d'un océan de boue! »

Il faut dire que Rose et Eddy, mes grands-parents, habitent dans un endroit isolé, en plein marécage, dans le Sud de la Géorgie. Vous imaginez ça?

M'efforçant de ne pas y penser, je regardais le paysage. Après avoir parcouru des kilomètres sur une autoroute, nous roulions maintenant sur une route étroite et bordée par le marais. En cette fin d'après-midi, les cyprès projetaient leur ombre impressionnante sur les champs de vase. L'air humide et chaud parvenait par la vitre ouverte. Je me tournai vers Colin, qui était plongé dans une bande dessinée. Comme souvent, ses lunettes glissèrent sur le bout de son nez et il les remit en place. Colin et moi avons douze ans, mais il est beaucoup plus petit que moi. Il a des cheveux bruns, bouclés, des yeux noisette et un visage couvert de taches de rousseur. C'est le portrait craché de Lucie, sa mère.

Moi, je suis plutôt grande pour mon âge. J'ai de longs cheveux blonds et je ressemble à papa. En fait, Colin n'est pas mon frère. Ses parents et les miens ont divorcé quand nous avions deux ans. Un an après, quand Lucie et mon père se sont mariés, nous avons emménagé tous les quatre dans une grande maison.

J'aime bien Lucie et je m'entends très bien avec Colin... enfin, ça dépend. Parfois, il se conduit comme un idiot, mais pas plus que les frères de mes amies.

— Colin, commençai-je...

— Chut! m'ordonna-t-il en agitant la main. C'est le moment le plus génial.

Il adore les bandes dessinées, surtout les histoires effrayantes. Mais il a tellement d'imagination qu'il croit tout ce qu'il lit. Alors, quand il est plongé dans ses livres, il a une peur terrible et il tremble comme une feuille.

Puisqu'il ne voulait pas me parler, je me tournai de nouveau vers le paysage qui défilait. Le long de la route, les branches étaient engluées dans des sortes de toiles d'araignées grises qui passaient d'un arbre à l'autre, formant un rideau à l'aspect sinistre.

Lucie nous en avait parlé le matin, pendant que nous faisions les bagages. Elle connaît très bien la région et affirme que les marais sont même assez beaux – enfin, si on aime les ambiances de fantômes!

En réalité, ce ne sont pas des toiles d'araignée, mais des plantes filandreuses qui poussent le long des troncs.

« Bizarre, me dis-je. Presque aussi bizarre que le sont les grands-parents. »

— Pourquoi grand-papa et grand-maman ne viennent-ils jamais chez nous? demandai-je alors. On ne les a pas vus depuis huit ans, au moins!

— Ils sont un peu originaux, tu sais, répondit papa en me regardant dans le rétroviseur. Ils n'aiment pas voyager et ne quittent presque jamais leur maison. Et comme ils habitent au fin fond de nulle part, ce n'est pas très facile de leur rendre visite.

— Eh bien, ça promet. Passer trois jours avec deux vieux solitaires un peu fous!

— Et qui sentent mauvais, renchérit Colin en interrompant sa lecture.

— Les enfants! nous gronda Lucie. On ne parle pas comme ça de ses grands-parents.

— Ce ne sont pas *mes* grands-parents, mais

les siens, objecta Colin en me désignant. Et ils sentent mauvais, je m'en souviens très bien.

Le pire, c'est qu'il avait raison! D'après mes souvenirs, grand-maman et grand-papa ne sentaient pas vraiment la rose, mais plutôt un mélange d'humidité et d'antimite. C'était normal, à force d'habiter une région pareille.

Je commençais à en avoir assez de ce voyage. J'avais l'impression que nous roulions depuis des semaines. En plus, Colin, moi et notre labrador, Kilim, étions tassés à l'arrière de la voiture.

Me calant au fond de la banquette, je bâillai bruyamment et m'étirai.

— Arrête de bouger, se plaignit Colin en faisant tomber sa bande dessinée.

Il voulut la ramasser, mais je fus plus rapide et m'en emparai.

— Comment peux-tu t'intéresser à des bêtises pareilles!

Je lus le titre à haute voix :

— *Les créatures de la vase.* Tu as choisi ça parce qu'on va dans les marais?

— Non, et puis ce ne sont pas des bêtises, c'est même génial. Et c'est mieux que tes stupides magazines sur la nature.

— De quoi ça parle? demandai-je, faisant

semblant d'être intéressée.

— De géants, moitié hommes, moitié bêtes, dit-il en reprenant l'album. Ils fabriquent des pièges, puis ils les cachent dans la boue, juste sous la surface... pour attraper les humains.

— Et après?

— Après, ils attendent que quelqu'un tombe dans le piège, continua Colin d'une voix mal assurée Puis ils entraînent leur prisonnier dans les marais et, là, ils le forcent à devenir leur esclave.

Il frissonna, se trémoussa sur la banquette et jeta un coup d'œil par la vitre.

Dehors, il commençait à faire de plus en plus sombre. Enrobés de leurs longues barbes grises, les grands cyprès à l'allure féerique se dressaient parmi les hautes herbes.

— Qu'est-ce qu'ils font d'autre, tes monstres? demandai-je, amusée à l'idée que Colin se fasse peur tout seul.

— Eh bien, la nuit, ils sortent de la vase, dit-il en se couchant presque sur le siège. Ils enlèvent les enfants qui dorment et les emportent dans leurs repaires. Ils les enfoncent dans la boue... et jamais personne ne revoit les pauvres victimes.

— C'est vrai? fis-je, hypocrite. À l'école, j'ai

entendu parler de ces créatures horribles, moitié crocodiles, moitié hommes, recouvertes de boue. Et les écailles pointues de leur dos t'arrachent la peau...

— Barbara, arrête de dire des bêtises, m'interrompit Lucie.

Trop tard, mon mensonge avait terrorisé Colin. Tremblant de tous ses membres, il se serra contre Kilim.

— Tiens, regarde, lui dis-je en désignant par la vitre un vieux pont en bois que nous allions emprunter. Je te parie qu'il y en a un caché dessous!

Ce pont enjambait un fossé peu profond et assez large, dont les côtés descendaient en pente douce. Avec ses planches vermoulues, il semblait sur le point de s'écrouler.

La voiture roula dessus très lentement. Le bois rongé gémit sous le poids du véhicule et je retins ma respiration, craignant le pire. « Ça ne va pas tenir », pensai-je, soudain angoissée.

Le temps parut s'être arrêté. Cramponné à Kilim, Colin fixait la rive opposée, les yeux écarquillés. Lorsque nous fûmes sur le point de l'atteindre, je poussai un profond soupir de soulagement. Mais juste à ce moment, une

détonation nous perça les tympans et nous fûmes
secoués violemment.

— Non! hurlai-je avec Colin.

D'un seul coup, papa perdit le contrôle de
l'auto, qui dérapa... Impuissants, nous la
sentîmes défoncer la balustrade délabrée et
glisser...

— Nous tombons du pont! s'écria papa.

Instinctivement, je fermai les yeux... Nous
plongions dans le marécage!

Il y eut un choc sourd. La voiture s'immobilisa brutalement sur ses quatre roues. Colin et Kilim rebondirent sur le siège arrière et s'entassèrent sur mes genoux.

— Vous n'êtes pas blessés? s'inquiéta Lucie en se tournant vers nous.

— Non, murmurai-je en repoussant Colin.

Choqués, nous restâmes tous muets pendant une bonne minute. Ce fut le chien qui rompit le silence en aboyant.

— Qu'est-ce... qu'est-ce qui s'est passé? bégaya Colin.

— Un pneu a éclaté! dit papa. J'espère que la roue de secours est en bon état, parce que, à cette heure-ci, on ne trouvera aucun garage ouvert.

En passant la tête par la vitre, je constatai que le pneu avant était à plat. Heureusement que le pont n'était qu'à un mètre du sol sur lequel nous étions retombés...

— Sortons tous de la voiture le temps que l'on répare, ordonna Lucie. Les enfants, ne vous éloignez pas trop et surveillez Kilim.

Méfiant, Colin attendit avant d'ouvrir la portière. Visiblement peu rassuré, il finit par sortir avec précaution.

— Fais attention, lui dis-je. Les monstres aiment particulièrement les bébés.

— Très drôle, Barbara. Dis-moi quand je dois rire, répliqua-t-il, grognon.

Papa se dirigea vers le coffre pour y prendre le cric, suivi par Lucie.

— Oh, non! m'exclamai-je en mettant le pied à terre.

Mes chaussures toutes neuves venaient de s'enfoncer dans cinq centimètres de vase.

— Comment peut-on vivre au milieu d'un marécage? grommelai-je en pensant aux grands-parents. Cette région est vraiment trop moche...

L'air humide et lourd était si chaud que j'avais du mal à respirer.

Saisissant une mèche de mes cheveux, je la mordillais en regardant les alentours. Tout paraissait désolé sous le ciel qui s'assombrissait rapidement.

— Si on allait faire un tour, proposai-je à
Colin.

— Bof! fit-il.

— On ne va tout de même pas attendre ici
sans rien faire?

— Oui... peut... peut-être, hésita-t-il, à moitié
convaincu.

Mais à peine avait-on fait deux pas sur le
terrain spongieux que mon visage commença à
me démanger désagréablement.

Des dizaines de moustiques voletaient autour
de nous, attirés par la lumière des phares.

— C'est dégoûtant! s'écria Colin. Maman,
emmène-moi à Atlanta.

— Ne t'en fais pas, mon chéri. Il n'y a pas
autant de moustiques chez Rose et Eddy, lui
affirma Lucie.

— Barbara, va te promener, si tu veux. Moi,
je retourne à la voiture, décida Colin.

— Non, viens avec moi. Regarde là-bas, dis-je
en désignant des herbes hautes qui poussaient
dans le fossé, à vingt mètres de là.

Décidée, j'avançai dans la boue, regardant
derrière moi pour m'assurer que Colin me
suivait. Il m'avait emboîté le pas, tout pâle,

et traînait les pieds.

Tandis que nous marchions, j'entendis des froissements de feuilles. Intriguée, je scrutai la pénombre pour trouver d'où provenait ce bruit inquiétant.

— Ne vous éloignez pas trop, nous avertit papa qui sortait les bagages pour trouver une lampe de poche. Il y a peut-être des serpents.

Affolé, Colin sursauta et voulut courir jusqu'à la voiture.

— Arrête de faire le bébé, le taquinai-je en le retenant par le bras. Continuons...

— Non! Et puis, ne me traite pas de bébé! s'exclama-t-il, plus angoissé que jamais.

— Bon, d'accord, je retire ce que j'ai dit! m'excusai-je. Mais viens jusqu'à l'arbre, celui qui est plus haut que les autres. Ce n'est pas loin. Après, on fait demi-tour, c'est juré!

Colin accepta à contrecœur et nous montâmes la pente douce du fossé. Dans la nuit tombante, les rideaux gris qui pendaient des immenses cyprès étaient si épais qu'il fallait faire attention de ne pas se perdre dans ce labyrinthe.

Soudain, je frôlai ces rideaux et frissonnai de dégoût. J'avais eu l'impression d'être caressée par... des araignées.

— Barbara, on retourne à la voiture, me supplia Colin. J'ai trop peur.

— Encore dix mètres, l'encourageai-je.

Il me suivit, pataugeant avec moi dans des flaques obscures et nauséabondes. Bourdonnant autour de nous, de minuscules insectes nous piquaient le cou.

Je venais juste de marcher sur une bande de terre sèche et m'apprêtais à dire quelque chose lorsque cette bande se mit à bouger et à flotter sur la boue liquide. Déséquilibrée par ce mouvement, je sautai sur le côté et me pris les pieds dans une racine. Non, ce n'était pas une racine!

— Colin, regarde ça! m'écriai-je en me penchant.

— Qu'est-ce que c'est?

S'agenouillant près de moi, il observa ce drôle de gros bouton.

— C'est un genou de cyprès, expliquai-je. Ta mère m'en a déjà parlé. Ça pousse sur les racines et ça se met en boule.

— Ah oui? Et pourquoi elle ne m'en a rien dit, à moi?

— Parce qu'elle ne veut surtout pas te faire peur, plaisantai-je.

— Tu... tu crois? dit-il, perplexe, remontant ses lunettes sur son nez. Bon, ça suffit, Barbara. On va voir ton arbre et on retourne vite à la voiture.

— D'accord, acquiesçai-je.

Le grand cyprès se dressait seul au milieu d'une petite clairière, à quelques pas de nous.

Tandis que nous avancions, l'atmosphère devenait de plus en plus lourde, humide et étouffante. Des grognements sourds, des cris aigus retentissaient alentour, renvoyés en écho par les arbres.

J'imaginais les bêtes hideuses des marécages, tapies sournoisement dans la vase.

En frissonnant, je m'approchai de la clairière, vers le grand tronc qui se trouvait juste devant moi. Colin trébucha sur une branche morte et s'éclaboussa d'eau sablonneuse.

— Il ne manquait plus que ça, gémit-il.

Malgré l'obscurité, je pus distinguer son visage terrifié. Et, bien que les lieux fussent inquiétants, il semblait tellement terrorisé que je ne pus m'empêcher de rire. Mais pas pour longtemps.

Des bruits de pas me firent sursauter. Colin aussi les avait entendus.

Quelqu'un se déplaçait lourdement dans les ténèbres et la brume qui venait de se lever...

De plus en plus près.

Il se dirigeait droit sur nous.

— Viens, cria Colin en s'accrochant à mon bras. Fichons le camp!

Mais je restai là, paralysée, incapable de bouger d'un millimètre.

Quelqu'un respirait en haletant et se rapprochait. Brusquement, une forme sortit de derrière le rideau gris.

Une masse sombre et menaçante bondit vers nous. Plus noire que le marais, que la boue... avec des yeux rouges et brillants.

— Kilim, qu'est-ce que tu fais ici? cria Lucie en marchant dans notre direction. Les enfants, je vous avais pourtant demandé de le surveiller et de rester près de la voiture, non?

Kilim? Je l'avais complètement oublié... J'avais pris notre brave chien pour un monstre des marais.

— Je suis dé... désolée, bredouillai-je en guise d'excuse.

Soulagée et honteuse à la fois, je ne trouvai rien d'autre à dire. Kilim choisit ce moment précis pour me sauter dessus. Emportée par son élan, je tombai dans la vase.

— Arrête, Kilim, couché! hurlai-je.

Mais il ne m'écouta pas. Il posa ses larges pattes sur mes épaules et me lécha le visage.

C'est ainsi que je me retrouvai couverte de boue de la tête aux pieds.

Colin vint à mon secours en tirant le chien par son collier.

— Avoue que tu as eu peur, Barbara, ricana-t-il. Tu as cru qu'il y avait un monstre. Tu as eu la frousse, hein, avoue!

— Pas du tout, je voulais juste t'effrayer, mentis-je en essuyant la terre gluante qui recouvrait mon jean.

— Allez, avoue, chantonna Colin. Dis que tu as eu peur.

— Non, c'est toi qui tremblais et qui voulais retourner à la voiture.

Exaspérée, j'avais élevé la voix.

— Arrêtez de vous disputer! Ça suffit comme ça, trancha papa qui nous avait rejoints. Hop! tout le monde à la voiture.

Sur le chemin du retour, je continuai à me chamailler avec Colin. Kilim trottinait à côté de moi, en tachant encore un peu plus mon pantalon. Lorsque la roue de secours fut installée, il resta à remettre l'auto sur la route. Et ce ne fut pas facile de remonter la pente du fossé. Chaque fois que papa accélérait, les pneus patinaient sur le sol visqueux. Finalement, je sortis avec Colin et Lucie pour pousser pendant qu'il manœuvrait. La boue nous éclaboussa, comme si nous n'étions pas suffisamment sales...

Quand la voiture se retrouva enfin sur la route, je scrutai la nuit et tendis l'oreille.

Les grondements profonds et les cris aigus si particuliers me rappelèrent les histoires qui circulaient à propos de cette région chargée de mystères. Celles de créatures épouvantables dont parlaient des légendes que j'avais lues. Y avait-il du vrai dans tout cela?

Je n'en savais rien. Mais j'allais l'apprendre... à mes dépens. Et très vite!

— Enfin, puisque je te dis que oui! s'énerva
papa.

— Non, je n'arrive pas à y croire. Ils ne
peuvent pas habiter là! s'écria Colin, ahuri.

— C'est bien la maison de mes parents, insista
papa tandis que l'auto empruntait une étroite
route sablonneuse.

— C'est un mirage, ajouta Colin en se frottant
les yeux. Il paraît que la boue provoque ça. Je
viens de l'apprendre dans ma bande dessinée.

Vous voyez, quand je vous disais que Colin
croit tout ce qu'il lit!

Ce qu'il y avait de plus étrange, c'est que je
commençais à y croire aussi. Sinon, comment
s'expliquer que mes grands-parents puissent
vivre dans une maison pareille? Ou plutôt dans
un château planté au milieu d'un marécage et
cerné par une forêt d'arbres gigantesques.

Papa s'arrêta devant la bâtisse, que les phares illuminèrent. Construite en pierres gris sombre, elle avait quatre niveaux et une tourelle rose du côté droit. Sur sa gauche, de la fumée blanche s'échappait d'une cheminée noircie.

— Je croyais que les constructions de ce pays étaient moins grandes et bâties sur pilotis, m'étonnai-je.

— Tu as raison, c'est comme ça qu'on les décrit dans *Les créatures de la vase*, confirma Colin. Et regarde les fenêtres!

Elles étaient minuscules et il n'y en avait que trois, une par étage. De si petites fenêtres pour un aussi grand bâtiment! C'était surprenant.

— Allez, les enfants, dépêchez-vous, dit Lucie.

Nous sortîmes de la voiture. Papa, Lucie et Colin commencèrent à décharger les bagages pendant que je gardais Kilim.

L'air humide était devenu subitement froid. Plantée ainsi parmi ces arbres, la maison immense et sombre semblait perdue dans ce paysage plat et désert.

Soudain, je sursautai : je venais d'entendre un hurlement. Un hurlement lugubre venant du marais. Kilim se pressa contre mes jambes et je me baissai pour le caresser.

— Qu'est-ce que c'était? lui murmurai-je. Qui peut hurler comme ça?

— Barbara! Qu'est-ce que tu attends? me lança Lucie de la porte d'entrée, interrompant mes pensées. Viens donc, tout le monde est déjà à l'intérieur.

— Oh là là, fit grand-maman, au moment où je passais le seuil étroit. Ce n'est pas possible! C'est toi? Ma petite-fille?

Sans me laisser le temps de souffler, elle m'entoura de ses bas frêles et me serra tendrement. Elle dégageait exactement l'odeur dont je me souvenais, une odeur d'humidité et d'antimite. À en juger par ses yeux écarquillés, Colin semblait aussi impressionné.

Me libérant, je fis un pas en arrière et m'efforçai de sourire.

— Rose, pousse-toi un peu que je puisse l'admirer, cria grand-papa, tout en prenant une de mes mains dans ses doigts à la peau fripée.

— Ne t'inquiète pas s'il parle fort, murmura papa à mon oreille. Il est un peu sourd...

Rose et Eddy me semblèrent si faibles, si fragiles!

— Nous sommes contents que vous soyez arrivés, s'exclama Rose en clignant des yeux.

On ne voit pas grand-monde par ici; les visiteurs se font rares.

— On a cru que vous n'arriveriez jamais, cria grand-papa. On vous attendait beaucoup plus tôt.

— Un pneu a crevé, répondit papa.

— Ah! vous êtes crevés! comprit grand-papa. Il faut vous reposer alors. Allons nous asseoir, mon fils!

Colin ne put s'empêcher de ricaner, et Lucie lui donna une tape sur l'épaule.

Tout joyeux, mes grands-parents nous entraînèrent vers le salon. Il était si vaste que notre maison tout entière aurait pu y tenir.

Au plafond pendait un lustre rouillé avec douze chandelles. Une cheminée gigantesque occupait l'un des quatre murs d'un vert tirant sur le gris sombre. Les trois autres murs étaient recouverts de cadres contenant des photos en noir et blanc. Elles étaient jaunies par le temps et représentaient des gens que je ne connaissais pas.

Un tapis usé était étalé sur le plancher et des chaises vermoulues entouraient une table basse en mauvais état. Quelle ambiance lugubre!

Colin s'assit à côté de moi sur une banquette

verte, délabrée, dont les ressorts grincèrent.
Kilim grogna et se coucha à nos pieds. Papa
et Lucie s'installèrent en face de nous, sur des
sièges dont le rembourrage pendait par endroits.

La lumière vacillante d'une ampoule faisait
danser nos ombres sur les murs. De l'endroit
où nous nous tenions, je pouvais facilement
apercevoir la pièce voisine. C'était la salle à
manger. Elle était également très vaste, sombre
et délabrée.

— Cet endroit est vraiment laid. Ça sent
horriblement mauvais, me chuchota Colin.

J'étouffai un éclat de rire. Il avait raison : il
régnait dans la pièce une drôle d'odeur, humide
et aigre. Comment mes grands-parents pouvaient-
ils supporter ça?

— Voulez-vous boire quelque chose? proposa
grand-maman. Que diriez-vous d'une bonne tasse
de thé?

Nous refusâmes tous poliment.

— Enfin, vous êtes arrivés, répéta grand-papa.
C'est bien! Mais pourquoi si tard? Raconte-moi
donc, fiston.

— Arrête de poser toujours les mêmes
questions, lui cria grand-maman. Allons plutôt
souper. Vous devez mourir de faim. Venez, je

vous ai préparé mes croquettes de poulet.

Tandis que nous les suivions, je constatai que les autres pièces du rez-de-chaussée étaient toutes minuscules, contrairement au salon.

Lorsque j'arrivai dans la cuisine, je reconnus la bonne odeur de nourriture.

Grand-maman sortit huit croquettes du four. Elle en avait fait deux de plus, pour les gourmands. J'avais une faim de loup et j'attaquai le mien sans attendre. Mais, au moment où j'allais avaler la première bouchée, Kilim se leva brusquement et commença à renifler frénétiquement. Ensuite, il huma nos chaises, les armoires, et enfin le parquet. Puis il plaça ses deux pattes sur le bord de la table et promena son museau sur la nappe.

— Tu es devenu fou, Kilim? Couché, lui ordonna papa.

Le chien recula, montra les dents... et émit un grondement sourd. Un grondement lourd de menace qui se termina par un aboiement furieux.

— Qu'est-ce qui lui prend? s'inquiéta grand-maman.

— Je ne sais pas, il n'a jamais fait ça, s'étonna Lucie.

— Qu'est-ce que tu as, mon bon chien? murmurai-je à Kilim.

Repoussant ma chaise, je m'approchai de lui. Il dressa la tête, aboya et renifla encore, comme s'il avait détecté une présence suspecte! Son attitude anormale commençait à me mettre mal à l'aise...

— Mais qu'est... qu'est-ce que tu as, Kilim? bredouillai-je. Tu as repéré quelque chose qu'on ne voit pas? Qu'est-ce que tu sens?

Saisissant Kilim par son collier, j'essayai de le rassurer en lui caressant la tête. Mais il parvint à se dégager et aboya de plus belle.

Je maintins ma prise et le tirai vers moi. Secouant la tête de droite à gauche, il gratta le plancher avec ses griffes et se remit à grogner.

— Allons, mon bon chien, reste tranquille, lui dis-je tout doucement.

Il refusa d'obéir. Colin dut m'aider à l'amener dans le salon, où il finit par se calmer.

— Qu'est-ce qui lui prend? demanda Colin, très inquiet.

— Je ne sais pas, répondis-je en examinant Kilim avec attention.

Le pauvre tournait maintenant en rond, sans s'arrêter. Au bout d'une minute, il s'assit un instant, puis recommença son manège.

— Je ne comprends pas, dis-je. C'est la

première fois qu'il fait ça.

Le comportement de Kilim nous avait coupé l'appétit. Nous décidâmes de rester dans le salon en attendant que papa et Lucie aient fini de manger.

— Comment va ce chien? s'enquit grand-papa en venant nous rejoindre.

— Un peu mieux, répondit Colin en remontant ses lunettes sur son nez.

— Ah, il est vieux? lança très fort grand-papa. Alors, il finira par s'endormir...

Après le souper, papa, Lucie et mes grands-parents parlèrent de tout ce qui s'était passé depuis leur dernière rencontre. Huit ans de souvenirs!

Ces bavardages ennuyaient autant Colin que moi.

— Est-ce qu'on peut regarder la télé? demanda soudain ce dernier.

— Je suis désolée, mon chéri, dit grand-maman. Nous n'avons pas la télévision.

Colin me fixa d'un air furieux, comme si j'étais responsable.

— Pourquoi tu n'appelles pas ton copain Arnold? Il pourrait t'envoyer une nouvelle bande dessinée, ironisai-je.

Arnold est le plus grand voyou de notre voisinage, mais c'est aussi le meilleur ami de Colin.

— Bonne idée, grommela Colin. Grand-maman, où est le téléphone?

— En ville, répondit-elle avec un faible sourire. Tu sais, nous n'avons plus beaucoup d'amis... euh... vivants. Alors, à quoi bon avoir un téléphone pour si peu d'appels? C'est M. Donner, l'épicier du village, qui prend nos messages et nous les apporte.

— Donner? Je ne l'ai pas vu de la semaine, intervint grand-papa. Notre voiture est en panne, il doit nous la faire rapporter d'un jour à l'autre.

Ni télévision, ni téléphone, ni voiture? Et tout ça au beau milieu d'un immense marécage. Voilà qui promettait d'être amusant!

Énervée, j'imitai Colin qui fixait papa et Lucie d'un œil noir.

Prenant mon expression renfrognée, je les regardai d'un air qui signifiait : vous allez nous laisser là malgré tout ce que vous avez vu ici? J'essayais de me persuader qu'ils nous emmèneraient finalement avec eux, à Atlanta. C'était sûr, comme deux et deux font quatre!

Je compris vite qu'il n'y avait aucun espoir.
Car papa regarda Lucie à la dérobée, s'apprêtant
à dire quelque chose. Mais il se ravisa, se tourna
vers moi et haussa les épaules, comme pour
s'excuser.

— Mon fils, il me semble que c'est l'heure
d'aller au lit, annonça soudain grand-papa en
consultant sa montre. Je te rappelle que tu dois
te lever tôt.

— Barbara et Colin, couchez-vous aussi,
déclara grand-maman. Vous allez bien vous
amuser demain...

— Oui, renchérit grand-papa. Cette vieille
bâtisse contient des tas de merveilles. Quand
on s'y promène, c'est toute une expédition.

— Et puis je ferai ma fameuse tarte à la
rhubarbe, ajouta grand-maman. Vous m'aiderez
et vous vous en lécherez les babines.

Colin ne trouva rien à répondre et j'émis un
grognement, signe de ma mauvaise humeur.
Préférant ignorer ma réaction, papa et Lucie
se contentèrent de nous souhaiter bonne nuit.
Grand-maman nous escorta, Colin et moi, dans
l'escalier sombre. Les marches craquaient
de façon sinistre. Au deuxième étage, nous
empruntâmes un long corridor obscur qui

conduisait à nos chambres. Je n'eus même pas le temps de jeter un coup d'œil dans celle de Colin. Grand-maman m'entraîna aussitôt vers la mienne et me quitta en m'embrassant sur la joue.

Je m'immobilisai sur le seuil. Il n'y avait, dans la pièce immense et triste, que deux misérables meubles : un lit défoncé faisait face à une vieille commode aux tiroirs ouverts. Pas la moindre... fenêtre! Rien! Pas un tableau. Les murs étaient désespérément gris et crasseux.

Une seule lampe diffusait une lumière blafarde. Le plancher usé était en partie recouvert d'un tapis tissé à la main, troué par endroits, et dont les couleurs s'étaient effacées avec le temps.

Stupéfaite, je posai ma valise à côté du lit et m'assis sur le matelas. Passant machinalement la main sur la couverture, je m'aperçus qu'elle était également trouée. Elle empestait la naphtaline!

— Pas question que je me mette là-dessous, dis-je à haute voix.

Mais je savais que je ne pouvais pas faire autrement, car l'humidité ambiante commençait à me donner froid. Je fis ma toilette dans la salle de bain défraîchie et me mis rapidement en pyjama. Je me couchai et tirai sur moi la fameuse couverture. Le matelas défoncé m'obligea à me tourner de tous les côtés pour trouver une position confortable.

J'y parvins enfin et me mis à regarder le plafond. J'écoutais les bruits qui résonnaient dans la maison. Ils étaient nombreux. On aurait dit des craquements que les murs renvoyaient en écho!

Tout à coup, ce furent des hurlements!

D'effroyables cris d'animaux, très proches.

« Les tristes plaintes des marais... », pensai-je. Soudain épouvantée, je m'assis sur le lit.

Ces lamentations ne venaient pas du dehors. Elles venaient de la chambre d'à côté. Celle de... Colin!

Immobile, l'oreille tendue, je restais dressée sur mon lit, craignant de bouger. Un autre hurlement long et triste retentit, mais dans le marécage, cette fois-ci.

« Arrête de délirer, me dis-je. C'est Colin qui perd toujours la tête, pas toi. »

Cependant, j'avais beau me rassurer, les plaintes mystérieuses continuèrent, obsédantes. Était-ce un animal ou un monstre des marais?

J'enfonçai ma tête dans mon oreiller. Il me fallut des heures pour m'endormir.

À mon réveil, quelques heures plus tard, je fus incapable de savoir si c'était le jour ou la nuit puisqu'il n'y avait pas de fenêtre. Je regardai ma montre. Elle indiquait 8 h 30, et j'en conclus que c'était le matin.

Fouillant dans ma valise, je trouvai mon t-shirt rose tout neuf. Voilà qui tombait bien;

j'avais besoin de réconfort et le rose était ma couleur favorite. Pressée de quitter cette pièce qui ressemblait trop à une cellule de prison, j'enfilai rapidement un jean et des souliers propres.

J'entrouvris la porte et inspectai le long couloir désert. Tout au bout, il y avait une étroite fenêtre, vers laquelle je courus, tout heureuse. Un rayon de soleil traversait la vitre sale, faisant scintiller la poussière.

Dehors, enveloppant les troncs rouges des cyprès, une brume laissait passer une étrange lumière rose qui rendait le marécage brillant.

Une forme voleta autour des branches d'un arbre et j'aperçus un oiseau que je n'avais jamais vu avant, pourpre avec un bec tout jaune.

Ce paysage me parut si mystérieux, si irréel... Puis, soudain, les cris recommencèrent. Seules des créatures infernales pouvaient hurler de cette façon.

Les monstres des marais!

Impressionnée, je quittai la fenêtre et me dirigeai vers la chambre de Colin.

— Colin? appelai-je en frappant à sa porte.

N'obtenant pas de réponse, je poussai le battant brutalement. Un cri de surprise

m'échappa. La pièce était vide! Les draps étaient
tout froissés, comme si quelqu'un s'était débattu
dans le lit. Quant à Colin... il avait disparu.
Seule sa veste de pyjama traînait par terre!

— Non! hurlai-je, en proie à la terreur.

— Qu'est-ce qui te prend, Barbara?

Me retournant d'un coup, je vis Colin qui sortait tranquillement de la salle de bain.

— Ce... qui... qui me prend? bredouillai-je.

Mon cœur bondissait dans ma poitrine.

— Pourquoi as-tu crié? Tu fais une de ces têtes!

— Moi? Je... je fais une tête normale, mentis-je en montrant son pantalon de pyjama. Tu as une drôle d'allure, habillé comme ça. Où est passé ton jean?

— Je ne sais pas; maman a dû se tromper. Elle l'a sûrement rangé dans ta valise.

J'étais mal à l'aise. J'avais l'étrange impression d'être envoûtée par cette maison. Quelque chose de bizarre se passait ici. Mais d'habitude, ce n'était pas moi qui paniquais, c'était Colin! Qu'est-ce qui m'arrivait?

— Viens dans ma chambre, lui dis-je en me ressaisissant. On va le retrouver, ton jean.

Avant de descendre pour prendre le déjeuner, Colin jeta un coup d'œil par la fenêtre du couloir. La brume s'était maintenant dissipée, laissant apparaître une végétation couverte de rosée.

— C'est joli, finalement, murmurai-je.

— Oui... mais quand même décrépit, ajouta Colin dans un soupir.

Même en plein jour, la cuisine était aussi sombre que le reste de la maison. Pourtant, le soleil éclaboussait le sol et les murs en pénétrant par la porte vitrée du fond.

On entendait toujours les bruits inquiétants du marécage, auxquels j'essayai de ne plus prêter attention.

Grand-maman se tenait près de la cuisinière, un plat de crêpes aux mûres dans une main et une grande cuillère en bois dans l'autre. Constatant notre présence, elle posa le tout et s'essuya les mains sur son tablier à fleurs, aux couleurs passées. Puis elle nous serra chacun dans ses bras, en barbouillant au passage Colin de pâte à crêpes.

Je ricanai bêtement et je m'aperçus alors que

mon t-shirt était taché de mûre. Maudissant l'étourderie de grand-maman, je cherchai autour de moi quelque chose pour me nettoyer. La cuisine était un vrai champ de bataille!

La pâte dégoulinait le long de la table. Le comptoir était jonché de coquilles d'œufs et de bouteilles de lait vides.

Grand-maman était dans le même état que la pièce : désastreux. Son visage malicieux était maculé de mûre et de farine.

— Vous avez bien dormi, les enfants? demanda-t-elle avec un large sourire qui fit plisser ses grands yeux bleus. Vos parents sont partis très tôt, ce matin. Ils nous ont chargés de vous embrasser.

Du dos de la main, elle remonta une boucle de cheveux qui tombait sur ses yeux, laissant au passage un peu plus de pâte sur ses sourcils.

— Oui, j'ai très bien dormi, intervint grand-papa qui venait d'entrer.

Au même instant, un cri strident retentit de nouveau à l'extérieur.

— D'ailleurs, je dors toujours bien, c'est tellement calme ici, ajouta-t-il sans paraître gêné par cette interruption.

« Grand-papa a de la chance d'être un peu

sourd. Il n'entend pas ces affreux hurlements »,
pensai-je. Il se dirigea vers la porte, comme si de
rien n'était, et sortit.

Colin s'assit avec moi à table. Un autre plat,
encore plus grand que celui que grand-maman
avait dans les mains quelques instants plus tôt,
y était posé, contenant de belles crêpes chaudes.

— Elle doit penser que nous sommes des
ogres, me chuchota Colin en soupirant. Il y en
a au moins pour cinquante personnes!

— C'est vrai, et je suis certaine qu'il va falloir
tout manger, murmurai-je. Sinon, elle risque de
se vexer.

— Tu crois?

Bien sûr, je n'en croyais rien! Mais Colin avale
les mensonges les plus énormes. Je ne peux pas
m'empêcher d'en profiter.

— Servez-vous largement, les enfants, dit
grand-maman en apportant deux autres plats.

Je pris quelques crêpes, me demandant
pourquoi elle en avait fait autant. Grand-maman
en servit une dizaine à Colin, qui me regarda,
paniqué. Satisfaite, elle s'installa à côté de nous,
sans participer le moins du monde à ce festin.

« Ce n'est pas possible qu'elle ait préparé
toutes ces crêpes et qu'elle n'en prenne pas

une seule. Il y quelque chose qui m'échappe! »,
pensai-je.

— Chéri, que lis-tu? demanda-t-elle à Colin en
désignant la bande dessinée roulée dans la poche
arrière de son jean.

— *Les créatures de la vase*, répondit-il entre
deux bouchées.

— Oh! comme ça doit être intéressant. J'adore
lire, et Eddy aussi. Surtout des aventures
inquiétantes. Il dit souvent que rien ne vaut
un bon mystère.

Brusquement, je me souvins que nous avions
apporté des livres pour les offrir à grand-maman
et grand-papa, Lucie nous ayant prévenu de leur
goût pour la lecture.

— Excusez-moi, je reviens tout de suite,
lançai-je en me levant.

Je montai l'escalier quatre à quatre jusqu'au
deuxième étage. Soudain, je m'arrêtai net. Dans
le long couloir qui menait à ma chambre, je
venais d'entendre des pas!

Qui pouvait se promener ici?

Scrutant la demi-obscurité, je restai bouche
bée. Une ombre se dessinait sur le mur et se
rapprochait de moi.

Je me réfugiai dans un recoin très sombre. Je retins ma respiration et tendis l'oreille.

L'ombre passa et le bruit de pas s'éloigna. Le souffle court, je quittai ma cachette et avançai vers le coude que formait le couloir. Je jetai prudemment un coup d'œil de l'autre côté.

Une masse informe se déplaçait lentement dans la lumière incertaine.

Intriguée par cette présence suspecte, je la suivis silencieusement dans la pénombre.

Qui se cachait ainsi?

Alors que je progressais sans faire de bruit, l'ombre grandit brusquement. Mon cœur battit plus fort, mais je poursuivis ma surveillance.

La silhouette franchit un autre coude, où je me postai aussitôt. Le personnage mystérieux était là... tout près. Retenant une nouvelle fois ma respiration, je regardai rapidement et...

quelle ne fut pas ma surprise d'apercevoir grand-papa Eddy! Portant à deux mains un plat volumineux rempli de crêpes aux mûres, il marchait tranquillement. Comment pouvait-il se trouver ici, alors que je l'avais vu sortir de la maison? Il avait dû rentrer par une autre porte, c'était la seule explication. La bâtisse étant immense, il devait exister des issues et des couloirs que je ne connaissais pas encore.

Mais une autre énigme me tracassait : que faisait-il avec cette nourriture? Où l'emportait-il? Voilà qui était plus que bizarre...

Décidée à savoir où il allait, je continuai à le suivre dans le long corridor. Heureusement, comme il était sourd, je n'eus pas besoin de prendre trop de précautions.

Soudain, des bruits étranges me glacèrent le sang. J'entendis une cavalcade et de furieux reniflements, juste derrière moi.

Ce n'était que... Kilim. Débouchant du virage, il me découvrit et arrêta net.

— Oui, tu es mon bon chien, lui chuchotai-je. Mais va-t'en.

Au lieu d'obéir, il se mit à courir en aboyant comme un fou. Je l'attrapai par le collier. Mais il essaya de se dégager pour foncer vers grand-papa.

Je maintins fermement ma prise.

— C'est toi, Rose? demanda grand-papa en s'arrêtant.

Avant qu'il ait pu se rendre compte que je l'espionnais, je tirai Kilim en arrière et me réfugiai dans ma chambre. Essoufflée, je m'assis sur mon lit afin de retrouver une respiration normale. Dès que je fus calmée, je fouillai dans ma valise, et sortis les revues et les livres que j'étais venue chercher.

Cependant, une question m'obsédait : que faisait grand-papa avec toutes ces crêpes? Et pourquoi glissait-il le long du mur comme un fantôme silencieux?

Je devais élucider ce mystère coûte que coûte! Si seulement je m'étais contentée de m'occuper de mes affaires...

— Allez jouer dehors, tous les deux, pendant que je lave la vaisselle, nous suggéra grand-maman après le déjeuner. Ensuite, venez m'aider à faire la tarte à la rhubarbe.

— Elle nous prend pour des bébés, ou quoi? me chuchota Colin, furieux. Jouer! Comme si nous avions deux ans!

— Sortons d'ici, lui dis-je en l'entraînant vers la porte ouverte qui donnait sur le jardin.

Se balader dans le marécage ne me semblait pas très réjouissant, mais c'était mieux que de rester à croupir dans cette bâtisse rongée par la moisissure.

Dehors, nous fûmes accueillis par un grand soleil. L'air chaud et humide m'enveloppa et m'oppressa. Je respirai profondément afin d'évacuer la désagréable impression que j'avais ressentie.

— Alors, qu'est-ce qu'on fait? demanda Colin, qui remplissait également ses poumons.

Je jetai un coup d'œil autour de moi et découvris un chemin qui partait à l'arrière de la maison et s'éloignait vers le marais.

— Allons nous promener, proposai-je. Viens...

— Pas question que j'aille là-dedans, refusa Colin. Pour rien au monde.

— De quoi as-tu peur? Des monstres de ta BD? Des créatures de la vase? ricanai-je pour l'agacer.

— Tu es vraiment nulle, murmura-t-il en se renfrognant.

Pourtant, il céda, et nous fîmes quelques pas en direction du sentier. Les feuilles des arbres filtraient la lumière du soleil, projetant des ombres étranges autour de nous.

— C'est vrai, admit soudain Colin. En fait, j'ai peur des serpents.

— Ne t'en fais pas, j'y ferai attention. Toi, tu surveilleras les alligators...

— Les quoi? dit-il en faisant des yeux ronds.

— Tu ne savais pas que le coin grouille d'alligators mangeurs d'hommes?

Colin n'eut pas le temps de répliquer. Une voix stridente nous fit sursauter :

— Les enfants, ne vous éloignez pas trop.

En me retournant, je vis grand-papa Eddy qui marchait derrière nous.

Tenant une longue scie aux dents pointues, il allait vers un petit hangar en construction, situé non loin du chemin sur lequel nous étions.

— Voulez-vous venir m'aider à terminer ma cabane? cria-t-il en agitant l'outil. Comme je le dis souvent, construire, ça donne confiance en soi.

— D'accord, mais plus tard, répondis-je.

— Vous êtes en retard? cria-t-il.

Décidément, grand-papa était dur d'oreille. Colin plaça ses mains en porte-voix.

— PLUS TARD! hurla-t-il.

Écroulés de rire, nous continuâmes à marcher sur le sol de plus en plus mou.

Soudain, Colin trébucha sur une forme étrange et noirâtre, qui se mit à bouger... silencieusement.

— Un alligator! hurla Colin, étalé de tout son long.

— Plus tard? Ah bon, d'accord, répondit grand-papa, à ce moment.

— Vite, vite, aide-moi à me relever, il va me dévorer, pleurnichait Colin.

Pour toute réponse, je me mis à rire.

— C'est un genou de cyprès, dis-je calmement.

La bouche encore déformée par la peur, Colin examina la forme, qui ressemblait effectivement à un gros genou.

— Il s'est fixé sur une racine qui sort de terre. Tu te souviens? Je t'en ai parlé hier, lui rappelai-je.

— Bien sûr que je m'en souviens, crâna-t-il. Je voulais seulement t'effrayer.

Je m'apprêtais à sortir une autre bonne blague, mais je m'aperçus qu'il tremblait de la tête aux pieds, et j'eus pitié pour lui :

— Viens, on rentre à la maison. Grand-maman doit sûrement nous attendre pour faire sa tarte.

Sur le chemin du retour, je lui racontai que j'avais surpris grand-papa au deuxième étage, un gigantesque plat de crêpes dans les mains.

— Il doit être comme ton père. Il aime prendre son déjeuner au lit. Il n'y a rien de bizarre à ça, conclut-il.

— Tu as peut-être raison, fis-je sans conviction. Mais pourquoi autant de crêpes?

— Vous avez bien joué? nous lança grand-maman, alors que nous arrivions dans la cuisine.

Décidément, elle ne manquait pas d'humour. Colin et moi, nous nous regardâmes furtivement en haussant légèrement les épaules.

— Alors, vous êtes prêts à m'aider? J'ai tout préparé, continua-t-elle en désignant la table.

Effectivement, tous les ingrédients étaient disposés soigneusement.

— Qui veut rouler la pâte pendant que je coupe les tiges de rhubarbe? proposa-t-elle en me fixant.

Il y en avait une montagne!

— Moi, bien sûr, répliquai-je, n'ayant visiblement pas le choix.

— Je peux aller lire une bande dessinée dans le salon? demanda Colin en soupirant. Quand j'aide à la cuisine, il paraît que je gêne tout le monde!

— Pas question, refusa grand-maman. Tu vas me faire le plaisir de peser le sucre.

Je me mis au travail. Mais grand-maman prit rapidement la relève :

— Merci, les enfants. Maintenant, assoyez-vous pendant que je termine. Et buvez un grand verre de lait.

Bien que n'ayant pas soif, nous bûmes sans rechigner, tout en la regardant s'activer. Et nous fûmes très étonnés. Au lieu de faire une tarte... elle en prépara trois!

— Pourquoi tu en fais autant? dis-je.

— Je préfère qu'il y en ait plus que moins. Si jamais quelqu'un passait, tu comprends...

Si quelqu'un passait? Mais qui pourrait venir ici, dans ce désert de boue, au beau milieu de nulle part! Et n'avait-elle pas affirmé que les visiteurs étaient rares?

Je la regardai, stupéfaite : ma grand-mère avait-elle perdu la tête?

En tout cas, quelque chose ne tournait pas rond dans cette maison!

— Travailler donne soif, déclara grand-papa
en poussant brutalement la porte du fond.

Il fila droit vers le réfrigérateur pour chercher
de quoi se désaltérer.

— Vous voyez bien que j'ai raison, dit-il en
pointant un doigt sur nos deux verres. Vous êtes
prêts à me donner un coup de main, pour finir
ma cabane?

— Écoute, Eddy, les enfants ne sont pas venus
jusqu'ici pour travailler, le gronda gentiment
grand-maman. Qu'ils aillent plutôt explorer
la maison; il y a tellement de pièces! Je suis
certaine qu'ils dénicheront des trésors.

— Bonne idée, approuva-t-il.

Un sourire illumina son visage, pour
s'évanouir aussitôt.

— Seulement, faites attention, ajouta-t-il.
Vous trouverez une porte fermée à clé, au bout

du couloir du troisième étage. Surtout, n'essayez pas de l'ouvrir.

— Pou... pourquoi? s'étonna Colin, inquiet.

Rose et Eddy échangèrent un regard furtif, où se lisait... la crainte.

— Elle sert au rangement, expliqua grand-maman en rougissant violemment. Nous y avons entreposé des vieilleries, qui sont très fragiles. Alors, s'il vous plaît, n'y allez pas.

La discussion en resta là.

Colin et moi filâmes sans demander notre reste, plutôt contents de quitter cette pièce. Bien sûr, les grands-parents étaient très gentils, mais si bizarres...

Puisque la cuisine, le salon et la salle à dîner, que nous connaissions déjà, constituaient la presque totalité du rez-de-chaussée, nous décidâmes de nous attaquer aux étages supérieurs.

Le premier était occupé par une bibliothèque, évidemment gigantesque, où étaient entreposés tous les livres accumulés depuis des années. Ils étaient tellement vieux et couverts de poussière qu'ils nous firent éternuer. Excepté un vase de porcelaine, de la vaisselle en cristal, des petits animaux en verre posés sur une table et un lourd chandelier en bronze, nous ne trouvâmes rien de vraiment excitant. Au deuxième, nous évitâmes le petit couloir où donnaient nos chambres. Nous parvînmes à celle des grands-parents, après avoir suivi le long couloir.

— Passons, dis-je. À mon avis, ils n'aimeraient pas qu'on fouille dans leurs affaires.

— Dépêche-toi, fit Colin en riant. On pourrait bien tomber sur un fantôme qui porte un plat de crêpes!

— Très drôle, répliquai-je en lui donnant une tape dans le dos.

— Alors, on ne peut plus blaguer? ronchonna-t-il, ses lunettes ayant glissé sur le bout de son nez.

Je m'arrêtai devant la pièce suivante. Poussant la lourde porte en chêne, qui grinça sur ses gonds, j'entrai et tâtonnai dans l'obscurité à la recherche de l'interrupteur. L'unique ampoule sale pendue au plafond diffusa alors une lumière blafarde.

Le spectacle était impressionnant. La pièce était remplie de cartons empilés les uns sur les autres.

— Il y a peut-être un trésor là-dedans, lança Colin.

Me plaquant contre le mur, il passa devant moi et en attrapa un.

— Je ne sais pas ce que ça contient, mais en tout cas, c'est lourd, se plaignit-il.

Alors qu'il déposait son fardeau, je sentis l'odeur aigre de moisi qui en émanait. Me bouchant le nez, j'attendis que Colin ouvre sa boîte, dont les rabats étaient collés. Lorsqu'il y parvint, il laissa échapper un cri de surprise :

— C'est fou!

— Quoi, qu'est-ce que c'est? demandai je en me penchant.

— Des journaux, rien que des vieux journaux, s'exclama-t-il, ahuri.

Effectivement, de vieux journaux jaunis par le temps étaient entassés en couches successives. Quand nous ouvrîmes cinq autres cartons qui traînaient là, nous découvrîmes que certains titres dataient d'avant la naissance de mon père. La pièce entière était remplie d'archives portant sur plus de cinquante années!

Pourquoi gardaient-ils tout cela?

— Oh! s'écria Colin de sa voix effrayée, tout en déballant une autre caisse. Tu ne croiras jamais ce que je viens de trouver.

— Qu'est-ce qu'il y a? fis-je, redoutant le pire.

— Des magazines!

C'était malin! Il commençait à me taper sérieusement sur les nerfs à force de vouloir me faire peur. Pourtant, je le rejoignis, car j'aime beaucoup les journaux illustrés, les vieux comme les actuels.

Plongeant le bras pour en sortir quelques-uns, je ressentis un chatouillis sur ma paume et retirai vivement la main.

À peine avais-je baissé la tête que je poussai un cri de frayeur!

12

Des coquerelles se promenaient par dizaines sur mon bras!

Lâchant les journaux, je secouai désespérément la main pour me débarrasser de ces insectes ignobles.

— Aide-moi! criai-je à Colin. Enlève-moi ces bestioles!

Des centaines de pattes minuscules grouillaient sur ma peau. Colin ramassa un magazine qui traînait par terre et frappa de toutes ses forces. Mais plus il tapait, plus il en sortait d'entre les pages. Rapides comme l'éclair, elles atteignirent mon t-shirt, mon cou, mon visage.

— Je t'en supplie, Colin, aide-moi! hurlai-je.

Certaines venaient de franchir mon menton... D'un geste vif, je les fis tomber et réussis même à en écraser quelques-unes.

Écœurée, j'attrapai la bande dessinée que
Colin avait glissée dans la poche arrière de son
jean et balayai les autres coquerelles. Au fur et
à mesure qu'elles me quittaient, elles couraient
se réfugier sous les cartons. Je continuai à me
débattre comme une folle.

— Arrête, Barbara, dit Colin. Il n'y en a plus.

Essoufflée, je regardai autour de moi. Oui,
elles avaient disparu. Seulement, je ressentais
de telles démangeaisons que j'eus peur d'être
contaminée par une maladie! J'étais en plein
délire.

Une fois dans le couloir, je m'assis sur le
plancher. Il fallut un bon moment pour que mon
cœur reprenne son rythme habituel et que je
puisse parler normalement.

— C'était vraiment infect, finis-je par
articuler.

— Dis donc, tu t'es servie de ma BD comme
balai? protesta Colin qui la tenait entre deux
doigts, dégoûté. Comment veux-tu que je la
remette dans ma poche?

Me souvenant des centaines de pattes de
coquerelles courant sur ma peau, je frissonnai
et me frictionnai les bras.

— Bon, continuons notre visite, dis-je en

suivant des yeux le mur sale du couloir.

— Tu crois? Tu... tu en as vraiment envie?

— Bien sûr, ce ne sont pas des insectes qui vont m'arrêter. Et toi?

Je savais qu'il en avait horreur. Des gros comme des petits. Mais il était trop fier pour le reconnaître.

La preuve, il passa devant, l'air de rien, pour inspecter la pièce suivante.

Nous poussâmes la lourde porte et jetâmes un coup d'œil à l'intérieur...

— Oh là là! Quel bazar! s'exclama Colin.

Planté au milieu de la pièce, il tournait sur lui-même comme une toupie, ne sachant où fixer son regard.

Des jouets et des jeux de toutes sortes, très vieux ou plus récents, formaient des monticules. Dans un coin reposait un tricycle rouillé et sans roue avant.

— Je parie que c'était à ton père, affirma Colin en appuyant sur la poire qui servait de klaxon.

Elle fonctionnait encore.

— Peut-être... mais j'ai du mal à l'imaginer en petit garçon, en train de pédaler sur cet engin.

Colin sortit un jeu d'échecs de sa boîte fracassée et en disposa les pièces sur l'échiquier. Pendant ce temps, je continuai ma chasse au trésor. Je trouvai un petit ours en peluche dont la tête dévissée pendait sur le côté. Un coffret ne contenait qu'un seul patin à roulettes. Un singe en peluche gisait sur le plancher, un bras arraché.

Je fouillai ensuite des sacs qui renfermaient des soldats de plomb aux uniformes déteints. La plupart étaient décapités.

Enfin, je découvris un ancien coffre à jouets, dont le dessus était décoré d'un carrousel peint et à moitié décoloré. Je soulevai le couvercle poussiéreux et vis une poupée en porcelaine gisant le visage contre le fond. Je la pris avec précaution et la retournai vers moi. Son nez était légèrement écaillé et de fines craquelures étaient apparues sur la peau délicate de ses joues. Mais, surtout, ses yeux avaient été arrachés : deux trous béants sous son petit front!

Ces objets appartenaient-ils à grand-maman? Était-ce elle qui avait défiguré cette poupée? Cette simple idée me fit tressaillir et je la replaçai délicatement dans son coffre.

C'est alors que j'entendis un drôle de couinement et me retournai.

Près de la porte, un cheval à bascule se balançait d'avant en arrière.

— Colin, c'est toi qui l'as poussé? demandai-je.

— Non, répondit-il, regardant le jouet qui continuait à remuer en couinant.

— Sortons d'ici, dis-je. Cette pièce commence à me donner des frissons.

— À moi aussi, admit Colin. La reine des échecs n'a plus de tête; quelqu'un a dû l'arracher avec les dents.

Sautant par-dessus de vieux emballages, il sortit précipitamment. Avant d'éteindre la lumière, je jetai un dernier coup d'œil à cette montagne de vieilleries. Ce spectacle donnait vraiment la chair de poule!

— Colin? appelai-je, une fois dans le couloir.

Où était-il passé encore?

« Pourtant, je l'ai vu il y a cinq secondes », pensai-je, soudain inquiète.

— Où es-tu? Ce n'est pas drôle! m'écriai-je en reprenant ma marche.

Je suivis le couloir sur toute sa longueur, tournant à droite et à gauche selon les coudes qu'il formait. Au fur et à mesure que j'avançais, mon estomac se serrait sous l'effet de la crainte. Mon cœur battait la chamade.

— Colin, où es-tu? Ce n'est pas drôle.

N'obtenant toujours pas de réponse, je sentis la terreur m'envahir.

— Colin... appelai-je encore.

— BOUUUUH!

Je sursautai, et tandis que je hurlais, Colin passa devant moi, courbé en deux par le fou rire.

— Je t'ai bien eue, cette fois. Tu peux l'avouer!

— C'était stupide. Je n'ai même pas eu peur, mentis-je.

— Pour une fois, Barbara, reconnais que tu as eu extrêmement peur. Sois honnête!

— Non! J'ai juste été un peu surprise, c'est tout.

Mais je dus serrer les poings et enfoncer les mains dans mes poches pour qu'il ne puisse pas voir comme elles tremblaient.

— Tu n'es qu'un idiot et rien d'autre, lançai-je, furieuse.

— Rose nous a dit qu'on s'amuserait bien. Elle avait raison, non? dit-il en se moquant de moi. Alors, où va-t-on maintenant?

— Moi, nulle part. Je me cache dans ma chambre pour lire mon livre.

— Se cacher, bonne idée. Jouons à cache-cache!

— Jouer, tu as dit jouer? m'exclamai-je, sarcastique. Je croyais que c'était bon pour les enfants de deux ans...

— Oui, mais ici, c'est différent. Cette maison n'est pas faite pour les bébés.

— Bon, je veux bien, mais ce n'est pas moi qui...

Je n'eus pas le temps de dire « cherche », Colin était déjà parti en courant. Quel jeu ridicule!

— D'accord, dis-je, résignée. Finissons-en. Je te retrouve vite et je vais lire dans ma chambre. Attention, je compte jusqu'à vingt! Un, deux, trois, quatre...

À vingt, je rassemblai mon courage et partis à sa recherche dans le couloir sombre.

Arrivée au bout, je découvris un escalier en colimaçon qui conduisait au troisième étage. Sans prendre le temps de réfléchir, je me mis à grimper les marches qui craquèrent sous mes pas. Cet escalier serré semblait sans fin et donnait l'impression de déboucher sur nulle part. L'obscurité était si épaisse que je ne distinguais plus mes pieds. Une importante couche de poussière recouvrait la rampe à laquelle je me cramponnais. Elle me prit à la gorge. L'air empestait le moisi.

Au bout d'un temps interminable, j'atteignis enfin le palier, essoufflée.

La disposition des pièces était apparemment identique à celle du deuxième. Le même corridor avec des tours et des détours, les mêmes murs verdâtres et la même fenêtre qui laissait filtrer une faible lumière.

Me déplaçant lentement, j'arrivai à la première porte et l'ouvris. La pièce était vide et aussi vaste que le salon du rez-de-chaussée. La porte suivante donnait sur une autre pièce, de mêmes dimensions et tout aussi vide.

Colin n'étant pas là, j'avançais dans la pénombre avec d'infinies précautions. La chaleur commençait à me faire transpirer, et j'essuyai la sueur qui coulait le long de mes joues avec la manche de mon t-shirt.

La troisième pièce était sale et petite comparée aux autres. Dans un coin gisait un vieux piano, mais la crasse qui le recouvrait me fit passer l'envie de jouer un peu de musique. D'ailleurs, je n'étais pas là pour ça; il fallait que je retrouve cet imbécile de Colin pour pouvoir aller lire dans ma chambre.

Décidée, je retournai dans le couloir. Toujours prudente, j'atteignis un coude...

J'étouffai un cri.Il n'y avait plus de plancher!

Je me sentis tomber. Étendant mes mains dans les ténèbres, je tentai de me raccrocher à quelque chose. Par miracle, je saisis une vieille rampe en fer, à laquelle je restai suspendue. Accrochée fermement, je me balançai et parvins à remettre les pieds sur le sol. Saine et sauve, le cœur battant, je scrutai le trou où j'avais failli disparaître. Au fond se trouvaient les restes d'un vieil escalier en colimaçon.

Je poussai un long soupir de soulagement et me calmai un peu.

— Colin, tu me le paieras cher! criai-je. Je t'avais dit que je ne voulais pas jouer.

Mais je continuai mes recherches, résolue à en finir au plus vite avec ce passe-temps ridicule. J'avais à peine fait quelques pas que je m'arrêtai. La porte située de l'autre côté du couloir était celle dont avait parlé grand-papa. Celle qu'il nous avait recommandé de ne pas ouvrir. Pourtant, malgré cet avertissement, je ne pus m'empêcher de m'en approcher. Je vis alors qu'une petite clé en argent était restée dans la serrure.

Qu'y avait-il à l'intérieur? Pourquoi cette porte était-elle fermée? « Ils prétendent y ranger des affaires, pensai-je. Mais toutes les autres pièces servent aussi au rangement! Alors, pourquoi ne veulent-ils pas qu'on entre dans celle-là? Qu'on sache ce qu'elle contient? »

Dévorée par la curiosité, je tendis résolument la main vers la clé...

Non! Hésitant tout à coup, je retirai vivement la main D'abord, il fallait que je surprenne Colin; j'en avais assez de cette partie stupide. En plus, il s'était arrangé pour que je sois l'imbécile qui ne trouve pas l'autre.

Soudain, j'eus une idée géniale : j'allais retourner la situation! Si je me cachais à mon tour, il serait bien obligé de me chercher.

— Quand il s'apercevra que j'ai disparu, il s'inquiétera, me dis-je à haute voix. Bon, il me faut une cachette.

Je parcourus le troisième étage, à la recherche d'un recoin où je pourrais me dissimuler. Mais toutes les chambres étaient vides. Pas un seul meuble derrière lequel se faufiler, pas un lit sous lequel ramper. Retournant dans la petite pièce du piano, je voulus me glisser derrière celui-ci.

Malheureusement, il était trop lourd, et,

malgré mes efforts, je ne pus le décoller du mur d'un seul millimètre.

Finalement, je revins vers la porte fermée avec la petite clé d'argent.

Découragée, j'examinai les alentours. Un endroit m'avait-il échappé? À cet instant, je découvris une petite trappe que je n'avais pas repérée avant. Immédiatement, je songeai à un monte-charge, un de ces engins qui servaient autrefois à monter les repas et à redescendre la vaisselle sale. J'en avais déjà vu au cinéma, dans des scènes montrant de vieilles maisons.

— Un monte-charge, c'est une merveilleuse cachette, murmurai-je.

J'allais m'y installer lorsqu'un craquement me fit sursauter. Ou plutôt le bruit que ferait une assiette qui se brise. Un bruit qui provenait de la pièce interdite. N'y tenant plus, je collai mon oreille contre la cloison. J'entendis des pas.

« Évidemment, Colin s'est caché là, pensai-je. C'est un tricheur, tout le monde le sait. Il a trouvé le seul endroit où il savait que je n'irais pas : la chambre dans laquelle mes grands-parents nous avaient interdit d'entrer! Tu n'as pas de chance, Colin, ricanai-je intérieurement. Je t'ai trouvé! »

Sans hésiter, j'empoignai la clé et la tournai. La serrure émit son déclic habituel. Persuadée de surprendre Colin, je poussai violemment la porte. Au lieu de cela, je me trouvai nez à nez avec... un monstre hideux!

16

Je faillis tomber à la renverse.

J'étais incapable de faire un mouvement, hypnotisée par cette vision de cauchemar.

Devant moi se tenait un monstre bien réel d'au moins deux mètres de haut.

Le souffle coupé, je contemplais ce corps de géant. Il était pareil à celui d'un gorille et couvert de longs poils. Le sommet du crâne volumineux était hérissé d'écailles. Les énormes et puissantes mâchoires étaient ouvertes et laissaient apparaître des dents acérées de crocodile, prêtes à me déchiqueter. Une puanteur insoutenable emplissait la pièce, l'odeur putride de la décomposition, l'odeur des... marais. J'en eus la nausée!

La créature diabolique baissa ses yeux globuleux sur moi. Des yeux enflammés par la colère. Allait-il se précipiter sur moi?

Non! Il devait sans doute me réserver pour plus tard. Il me fixa un instant, puis regarda ses pattes velues qui tenaient un tas de crêpes aux mûres. Les crêpes préparées par grand-maman! Voilà pourquoi elle en avait fait autant.

Sans s'occuper de moi, il les enfourna dans sa gueule et les mâcha bruyamment.

Agrippée à la poignée de la porte, j'étais à la fois fascinée et terrifiée par ce spectacle. Le monstre avala un autre tas de crêpes et grogna de contentement. Ses horribles pupilles étincelèrent de plaisir et ses veines palpitèrent sur ses tempes. Il leva la tête et poussa un rugissement terrible qui fit trembler les murs.

J'essayai d'appeler au secours, de hurler, mais en vain, je ne pus sortir le moindre son.

Au lieu de m'attraper et de me dévorer, il continua à enfourner les crêpes d'une main, tout en me dévisageant. De l'autre, il se gratta furieusement une jambe avec ses griffes longues et pointues jusqu'à ce qu'il découvre un gros scarabée noir dans sa fourrure.

Il saisit l'insecte, qui agita ses pattes dans le vide. Le monstre le plaça devant lui et le considéra un moment. Puis il l'approcha de sa gueule déformée par le plaisir qu'il allait prendre et le croqua faisant un bruit ignoble.

J'avais le cœur au bord des lèvres. J'étais pétrifiée. Soudain, il s'attaqua à un autre tas de crêpes aux mûres.

« Bon, visiblement, tu ne l'intéresses pas, essayai-je de me rassurer. Il vaudrait mieux filer. »

Je réussis à reculer d'un pas... un tout petit pas. La créature parut étonnée. Elle secoua la tête, me regarda et laissa échapper un grognement. Abandonnant son festin, elle s'avança lourdement dans ma direction, prête à me sauter dessus.

Je fus forcée de réagir. Je claquai la porte derrière moi et m'enfuis dans le couloir en hurlant :

— Au secours! Il y a un monstre dans la pièce interdite!

— Barbara, mais qu'est-ce qui se passe? demanda Colin en surgissant à l'autre bout du corridor.

— Dépêche-toi, va chercher de l'aide, il y a un monstre! hurlai-je en fonçant dans l'escalier. Grand-papa, grand-maman, au secours!

Paniquée, je me retournai pour vérifier si la bête ne me suivait pas. Je remarquai avec surprise que Colin n'avait pas bougé d'un centimètre.

— File, Colin, file d'ici! lui ordonnai-je.

— Tu me prends vraiment pour un imbécile, ricana-t-il. Ne crois pas que je vais tomber dans le panneau.

Et avec son sourire idiot, il se précipita vers la porte interdite.

— Ne fais pas ça, Colin, je ne blague pas!

— Arrête, tu veux juste me faire peur...

— Non, Colin, n'y va pas. Je t'en supplie!

Mais, saisissant la poignée, il lança, ironique :

— Me voilà, sale monstre. Attrape-moi si tu l'oses.

Et il entra.

Une seconde plus tard, les hurlements de
Colin retentirent dans la chambre, couverts
aussitôt par les grondements de la bête.

Alerté par mes cris, Kilim se précipita à
l'étage en aboyant furieusement.

— Filons! hurla Colin en agitant les bras.
Un monstre, un horrible monstre des marais!

Alors que nous foncions vers l'escalier, nous
eûmes un mal fou à empêcher Kilim de s'élancer
pour attaquer la créature.

— Allez, viens, Kilim, dépêche-toi! le suppliai-
je en agrippant son collier.

Mais il s'assit et hurla à la mort, décidé à ne
pas bouger d'un centimètre.

Un beuglement épouvantable traversa alors
le couloir comme un coup de tonnerre.

— Il arrive, il nous court après! s'écria Colin.

— Kilim, s'il te plaît, viens! l'implorai-je en

tirant de toutes mes forces.

Colin se tenait debout sur les marches, hypnotisé par la porte interdite.

— Mais aide-moi, Colin! Fais quelque chose, ne reste pas planté là comme un piquet!

Le monstre avançait de son pas lourd, faisant craquer le vieux parquet vermoulu.

— Il v...va nous dévorer! bredouilla Colin, toujours immobile.

Je l'attrapai par la manche de son t-shirt et lui hurlai dans les oreilles :

— Aide-moi, Colin!

Nous dépensâmes une énergie incroyable pour faire descendre Kilim, Colin le poussant et moi le tirant.

— Grand-papa, grand-maman! appelai-je. Où êtes-vous?

Je n'obtins malheureusement aucune réponse. Que faisaient-ils?

Les grognements se rapprochaient de plus en plus.

— Enferme Kilim dans la salle de bain, ordonnai-je à Colin quand nous atteignîmes le deuxième étage. Il ne risquera rien. Pendant ce temps, je vais les chercher.

Je fonçai dans la cuisine, mais n'y trouvai

personne. Où étaient-ils donc? Dans le salon?

Non. Dans la bibliothèque du premier? Elle était vide!

Je remontai l'escalier quatre à quatre, inspectai leur chambre au deuxième étage et les autres pièces. Mais en vain! Ils avaient disparu.

Colin sortit de la salle de bain au moment où les pas du monstre faisaient trembler le plafond. Un grondement effroyable retentit au-dessus de nos têtes.

— Où sont pa... passés tes grands-parents? bégaya Colin.

— Je ne sais pas.

— Tu as regardé dans le jardin?

Sa voix était à peine reconnaissable, déformée par la peur.

— Tu as raison, fis-je. Ils doivent être là, pas de panique... Ils sont sûrement dans le jardin. Ou alors derrière la maison, là où grand-papa construit sa cabane.

Nous descendîmes au rez-de-chaussée comme des flèches et filâmes jusqu'à la porte vitrée de la cuisine. Dehors, le marais était désert, tout comme la cabane...

— Mais où peuvent-ils être...? se lamenta Colin.

— Tu entends ça? l'interrompis-je.

Je venais de reconnaître le bruit d'une auto qui démarre.

— Ils sont devant la maison, m'exclamai-je. On leur a rapporté leur voiture.

Ce bruit provenait de l'autre côté de la bâtisse. Nous rentrâmes dans le salon et courûmes vers l'unique fenêtre, celle de la porte d'entrée. C'étaient bien eux!

Mon sourire resta figé sur mes lèvres, car la voiture n'arrivait pas, elle... elle partait! Ils s'en allaient!

— Attendez-nous, hurlai-je en essayant d'ouvrir la porte d'entrée.

— À quoi joues-tu? Ouvre la porte! s'énerva Colin.

Secouant la poignée, je tirai aussi fort que je pus, la tournant dans tous les sens.

— Dépêche-toi! me hurlait Colin dans les oreilles. Ils s'en vont!

Alors que je m'acharnais sur la porte, je compris l'horrible vérité : elle était verrouillée de l'extérieur! Les grands-parents nous avaient enfermés!

— Pourquoi nous ont-ils enfermés? dis-je en pleurnichant.

Le plafond se mit à trembler au-dessus de nos têtes, provoquant un vacarme infernal.

Dans le salon, les cadres contenant les photos se fracassèrent sur le sol.

— Qu'est-ce... qu'est-ce qui se passe encore? bégaya Colin en levant les sourcils.

— La créature descend. Elle nous cherche. Il faut qu'on débarrasse le plancher.

Arrivée dans la cuisine, je tournai le bouton de la porte vitrée du fond, tirant aussi fort que je pouvais, mais sans succès. Elle aussi était fermée. Et pas la moindre clé dans les parages!

En proie à la panique, nous fîmes le tour de la maison comme des fous. Mais il n'y avait rien à faire : toutes les issues étaient condamnées. Et casser les carreaux n'aurait servi à rien puisqu'il y avait des barreaux...

Les pas du monstre se rapprochaient.

Comment les grands-parents avaient-ils pu nous jouer un tour pareil? Comment? Cette question m'obsédait. Tout à coup, j'eus une idée de génie : j'entraînai Colin vers la bibliothèque du premier étage.

Là se trouvait la seule fenêtre coulissante de la demeure. Si nous parvenions à soulever le battant inférieur, nous pourrions nous échapper en sautant depuis le rebord, la fenêtre n'étant pas très haute.

Redoublant d'énergie, nous tentâmes de faire glisser ce battant. Mais, malgré nos efforts, elle ne bougea pas d'un millimètre.

— Regarde, dit Colin d'une voix étouffée, en me montrant deux clous rouillés qui la bloquait. Ils les ont plantés de... l'extérieur!

— Mais co... comment ont-ils pu nous faire ça? répétai-je, hébétée.

— Il n'y a qu'une solution, lança Colin qui reprenait courage. Casser le carreau.

Il tapa dessus avec ses poings fermés.

— Tu es fou, ou quoi? criai-je. Tu vas te blesser. Il faut trouver quelque chose de dur pour...

La phrase resta suspendue à mes lèvres, interrompue par un craquement assourdissant qui provenait d'en haut. Il fut suivi d'un concert de fausses notes. C'était le piano!

— Qu'est-ce qu'il fabrique? s'inquiéta Colin.

— Il doit s'amuser avec le piano.

Effectivement, le parquet, le plafond, les murs se mirent à trembler tandis que le monstre promenait l'instrument de long en large dans la pièce.

Le vase de porcelaine, la vaisselle de cristal, les petits animaux en verre glissèrent de la table et se brisèrent sur le sol. Des dizaines de livres tombèrent de leurs étagères.

Serrés l'un contre l'autre, nous nous bouchâmes les oreilles et attendîmes que cette avalanche cesse.

— Passe-moi ça, dis-je à Colin en lui montrant le lourd chandelier en bronze. Et écarte-toi.

Je me relevai et pris mon élan. J'allais jeter l'objet contre la vitre, quand des gémissements se firent entendre.

C'était Kilim. Il aboyait dans la salle de bain du deuxième.

— Oh non, m'écriai-je. Le monstre a attrapé notre chien!

Serrant le chandelier contre ma poitrine, je
courus vers l'escalier en entraînant Colin.

Il fallait sauver Kilim à tout prix!

Je grimpai les marches à toute vitesse et
m'arrêtai sur le palier du deuxième étage. Je
jetai un coup d'œil au fond du long couloir; il
était vide! Le silence était total, juste troublé
par la respiration haletante de Colin et par les
battements de mon cœur. Reprenant courage,
nous avançâmes sur la pointe des pieds vers la
salle de bain. La porte était fermée. Je saisis la
poignée, et la tournai difficilement, car ma main
était toute noire.

J'entrebâillai le battant et glissai un œil à
l'intérieur. Il n'y avait rien. Sentant le souffle de
Colin dans mon cou, je poussai un peu plus pour
qu'il puisse voir aussi.

— Kilim! fis-je, soulagée.

Le brave chien était dans la baignoire, recroquevillé sur lui-même, affolé, mais sain et sauf.

Il me regarda avec ses yeux tendres, remua légèrement la queue et se mit à aboyer.

— Chut! Tais-toi, lui dis-je en le caressant. Le monstre va nous repérer.

Comme pour le faire exprès, il aboya encore plus fort, tellement fort que j'entendis à peine la voiture qui arrivait.

— Chut, mon chien! Tu as entendu ça? dis-je en me retournant vers Colin.

— Une portière qui claque! lança-t-il, étonné. Oui, tes grands-parents sont revenus. Je suis sûr qu'ils étaient partis chercher du secours.

— Ne bouge pas, ordonnai-je à Kilim en sortant de la salle de bain. Reste sage.

Colin ferma la porte à clé derrière nous et nous dévalâmes l'escalier jusqu'au rez-de-chaussée.

— Je savais qu'ils ne nous abandonneraient pas, m'exclamai-je en arrivant dans l'entrée.

Juste à ce moment-là, le moteur redémarra et les pneus crissèrent sur le gravier...

— Non, ne partez pas, je vous en supplie! hurlai-je, tapant sur la porte à grands coups de poing. Ne partez pas!

Malheureusement, mes appels ne servirent à rien. Désespérée, je baissai la tête et remarquai alors qu'un télégramme rose avait été glissé sous la porte. Il nous était destiné. Le ramassant d'une main tremblante, je l'ouvris et lus le texte :

« Désolés, les enfants, nous ne rentrons pas avant la semaine prochaine. Nous avons plus de travail que prévu... »

Un message téléphoné des parents!

Soudain, je compris que cette auto n'était pas celle de mes grands-parents, mais celle de l'épicier du village, M. Donner, qui avait apporté le télégramme.

Le grondement du monstre résonna tout à coup dans la maison, interrompant mes pensées. Je me retournai d'un seul coup, envahie par un étrange pressentiment.

Colin avait disparu!

— Colin, où es-tu passé? m'écriai-je.

Les hurlements de la créature devenaient assourdissants et de plus en plus menaçants.

— Colin? Colin?

— Barbara! Viens vite! répondit-il.

Son appel désespéré venait de la cuisine.

20

— Barbara! Barbara! Vite... répétait Colin
d'une voix angoissée.

— J'arrive, tiens bon, répondis-je en me
précipitant à travers le salon.

Alors que je contournais le canapé, je
trébuchai sur le tapis et tombai. Ma tête heurta
violemment le sol, et les appels incessants de
Colin me parvinrent de très loin.

Le sang battait à mes tempes et j'eus
beaucoup de mal à me remettre debout.

— Barbara! Barbara! continuait Colin, plus
excité que jamais.

— J'arrive! répétai-je, complètement étourdie.

Soudain, le grognement de la bête retentit
comme un coup de tonnerre dans toute la
maison.

Aucun doute, il fallait que j'aide Colin. Il lui
était arrivé quelque chose, le monstre l'avait

sûrement attrapé!

— Tiens bon, Colin, j'arrive! dis-je en titubant, tandis que les rugissements de la créature continuaient de faire trembler les murs.

Une fois dans la cuisine, je trouvai Colin debout près du réfrigérateur, et... tout seul.

— Mais où... où est-il? bredouillai-je en regardant autour de moi.

— Où est qui?

— Le monstre, voyons!

Intrigué par mon air hébété, Colin répliqua tranquillement :

— En haut, évidemment. Mais pourquoi as-tu mis si longtemps à venir?

Sans attendre ma réponse, il me montra la porte du réfrigérateur :

— Regarde un peu ça!

Deux enveloppes étaient fixées par des aimants.

— Et c'est pour me dire ça que tu criais comme un fou? Je me suis cogné la tête en venant à ta rescousse. Je croyais qu'il t'avait attrapé!

— Les deux lettres nous sont adressées et elles portent chacune un numéro, UN et DEUX. Elles sont de Rose et Eddy!

— Ils nous ont laissé des lettres! m'exclamai-je. Je n'arrive pas à y croire.

Colin s'en saisit en tremblant et décacheta la première. Il parcourut le texte, marmonnant de manière totalement incompréhensible. Je n'y compris rien.

— Donne-moi ça, dis-je en tendant la main.

Mais il refusa de me donner la lettre de grand-papa et sauta en arrière.

— Colin! Dis-moi ce qu'ils racontent, au moins! protestai-je.

Il fit semblant de ne pas m'entendre et continua de lire en remontant ses lunettes sur son nez. Quand il arriva au bas de la page, il écarquilla les yeux.

Des yeux qui exprimaient la terreur absolue.

— Colin, répétai-je, impatiente. Qu'est-ce qu'ils racontent?

La feuille tremblait entre ses doigts. Il commença à lire à voix haute :

— Écoute-moi ça, c'est incroyable : « Chers Barbara et Colin... Nous sommes désolés, mais nous avons dû partir, car un monstre des marais est entré dans la maison, il y a trois semaines. Nous avons réussi à l'entraîner par ruse dans la chambre du troisième, celle qui est fermée à clé. Mais nous ne savons pas quoi en faire. Puisque nous n'avions pas de voiture, nous ne pouvions pas aller téléphoner chez M. Donner pour demander de l'aide. Alors, nous avons vécu dans l'angoisse. Nous n'osions pas le libérer, tellement il était furieux. Il aurait pu nous tuer! »

Mes genoux commencèrent à s'entrechoquer.

« Nous ne voulions pas en parler à vos parents, poursuivit Colin, sinon ils ne vous auraient pas laissés venir. Et vous savez que les visiteurs sont rares ici! Nous avions tellement envie de vous voir... Mais, à présent, je pense que nous avons eu tort. Vous auriez mieux fait de partir à Atlanta avec eux... »

— Ils pensent qu'ils ont eu tort! m'écriai-je, révoltée. Mais je rêve! Tu imagines ça, Colin? Ils pensent...

Colin releva la tête. Son visage était devenu blême et ses taches de rousseur avaient disparu. Il secoua la tête, assommé par cette nouvelle épouvantable, mais trouva la force de continuer :

« Il a toujours faim... Nous l'avons nourri en lui passant des plats par un trou qu'Eddy a pratiqué dans la porte du fond. Nous savons que ce n'est pas bien de nous enfuir ainsi, mais nous devons aller chercher du secours. Heureusement, nous avons récupéré notre voiture, ce matin. Nous reviendrons dès que nous aurons trouvé quelqu'un qui saura ce qu'il faut faire avec ce genre d'animal. Nous avons dû vous enfermer à l'intérieur de la maison pour être certains que vous n'irez pas vous promener dans les marais tout seuls. Ils sont dangereux. »

— Dangereux! m'indignai-je. On est en plein délire. Ils nous abandonnent tout seuls avec une bête sanguinaire, et ils nous empêchent de sortir! C'est un comble. Ils sont devenus fous!

Colin approuva d'un signe de tête et reprit sa lecture :

« Nous sommes réellement désolés. Mais n'oubliez pas une chose très importante. Vous serez en sécurité si... »

La créature poussa alors un hurlement tellement puissant que Colin en laissa tomber la lettre, qui glissa sous le réfrigérateur!

— Vite, Colin, ramasse-la! m'écriai-je.

Il s'allongea sur le sol, espérant mettre la main sur la feuille. Mais il ne réussit qu'à la repousser un peu plus loin...

— Arrête, lui ordonnai-je. Fais attention!

Il ne m'écouta pas et recommença ses manœuvres, la faisant totalement disparaître.

— Qu'est-ce que tu as lu après, hurlai-je, hors de moi. Qu'est-ce qu'ils racontent? Vous serez en sécurité si... si quoi?

— C'est là que je me suis arrêté...

Je l'aurais étranglé!

Ayant réussi à me calmer, je cherchai désespérément un objet qui nous permettrait de déloger le message. Mais je ne trouvai rien qui fût assez mince et long. Tout était ou trop gros ou trop court.

Colin fouilla tous les tiroirs du buffet, rien!

Sur le palier du dessus, le monstre s'agitait. Dans la cuisine, un plat en faïence tomba de son étagère et se fracassa en mille morceaux.

— Non, ce n'est pas vrai! dis-je en voyant le plafond se fendiller. Il descend! Colin, il faut déplacer le réfrigérateur. Il faut connaître la fin de cette lettre!

Rassemblant nos forces, nous tirâmes le frigo aussi fort que possible. La bête, pendant ce temps, poussait des rugissements furieux au premier étage. Nous redoublâmes d'efforts. Le frigo commença enfin à remuer. Colin s'agenouilla et regarda en dessous.

— Pousse encore un peu, me dit-il. J'aperçois un coin de la feuille.

Je parvins à bouger le réfrigérateur de quelques centimètres, en puisant dans mes dernières ressources. Colin attrapa le précieux mot de grand-papa. Il le secoua pour enlever la poussière...

— Lis, vite! trépignais-je.

« Vous serez en sécurité si... »

Retenant mon souffle, j'attendis que Colin finisse la phrase qui allait peut-être nous sauver.

« Vous serez en sécurité si vous n'ouvrez pas la porte qui l'empêche de sortir... »

— C'est tout? Ils ne disent rien d'autre? Ils doivent bien ajouter quelque chose?

— Oui, juste quelques mots...

Et Colin continua :

« Je vous en supplie, ne vous approchez pas de cette porte. Ne l'ouvrez jamais! »

— Pour ça, c'est trop tard! marmonnai-je, les larmes aux yeux, comprenant que notre situation était désespérée.

« Si le monstre s'échappe, vous n'aurez qu'une solution, le tuer! »

Épouvanté, il leva les yeux de la feuille :

— Barbara... c'est tout ce qu'il dit : « Si le monstre s'échappe, vous n'aurez qu'une solution, le tuer! »

— Vite, ouvre l'autre lettre, ils doivent nous donner d'autres conseils, plus judicieux!

Colin commençait à décacheter la seconde enveloppe lorsque des pas lourds ébranlèrent le sol... du rez-de-chaussée!

Oui, il était là, dans le salon. C'était la pièce voisine.

— Dépêche-toi, Colin, criai-je. Ouvre cette lettre!

Ses doigts tremblaient tellement qu'il ne parvenait pas à déchirer le rabat. Soudain, il s'arrêta en entendant la respiration sifflante, profonde, de plus en plus près.

Plus la créature s'approchait, plus mon cœur s'emballait! Et lorsque le souffle de la bête fut assourdissant, je crus qu'il allait exploser dans ma poitrine.

— Le voilà, il vient nous chercher, cria Colin en mettant l'enveloppe cachetée dans sa poche.

— Vite, filons...

— Qu'est-ce qu'on va devenir? gémit Colin. Il est dans la pièce d'à côté.

— On va... Aïe!

Je ne pus terminer ma phrase. En me précipitant vers la porte, je venais de heurter violemment le pied de la table avec ma jambe, ce qui m'arracha un cri de douleur.

J'essayai de plier le genou, le serrant entre mes mains, mais il me faisait très mal.

Surmontant la douleur, je réussis à pivoter sur moi-même. Et alors, je le vis.

LE MONSTRE!

Il était dans la cuisine, il se dirigeait vers nous...

Me fixant de ses yeux globuleux et horribles,
la créature des marais émit un long rugissement.
Les veines de son cou se gonflèrent sous son
épaisse peau de crocodile.

— Vite, courons, Barbara! hurla Colin. Allons
nous cacher!

Me tirant vers lui, il me fit sortir de la cuisine.
Nous réussîmes à éviter le monstre. Bien que
très menaçant, il avait du mal à se déplacer
rapidement. Nous nous ruâmes vers l'escalier.

— Il faut... trouver un endroit, haleta Colin.
En attendant... que... que les grands-parents
reviennent avec du secours.

— Ils ne reviendront jamais, m'écriai-je en
grimpant les marches quatre à quatre. Jamais,
avec ou sans aide!

— Mais ils nous l'ont promis! rétorqua
mon demi-frère. Ils l'ont écrit dans leur lettre,

rappelle-toi!

— Tu es trop naïf, Colin, dis-je en m'arrêtant au deuxième étage pour reprendre mon souffle. Qui les croira quand ils affirmeront qu'un monstre des marais est emprisonné dans leur maison?

Comme il ne répondait pas, je le fis à sa place :

— Personne. Tout le monde pensera qu'ils délirent... qu'ils sont devenus fous ou gâteux...

— Non, pleurnicha Colin. On finira bien par les croire. Rose et Eddy sauront les convaincre. Ils trouveront bien quelqu'un de courageux qui acceptera de les aider!

— C'est ça, tu as raison, fis-je, ironique. D'ailleurs, imagine-les en train de demander : « Seriez-vous assez aimable pour nous aider à tuer une bête sanguinaire? » Je te parie qu'il y aura des tas de volontaires!

Mais je m'arrêtai brusquement de parler en entendant la respiration sifflante de la créature. Me retournant, je la vis en bas de l'escalier, nous fixant, l'air plus féroce que jamais!

Tandis que nous reculions lentement, elle ne nous quittait pas des yeux.

— Il faut trouver un moyen de tuer ce

monstre, décidai-je. C'est ce qu'ils ont écrit dans leur lettre.

— C'est bien joli, mais comment? chuchota Colin.

— J'ai une idée, suis-moi!

Nous passâmes en courant devant la salle de bain où Kilim était enfermé.

— Prenons-le avec nous, dit Colin en s'arrêtant. C'est trop dangereux de le laisser seul ici.

— On n'a pas le temps. Ne t'inquiète pas pour lui, tout ira bien.

Je n'en étais pas certaine, mais nous étions pressés : le monstre était déjà arrivé au deuxième étage. Immobile sur le palier, il leva ses mains au-dessus de sa tête, tenant encore, dans l'une d'elles, un pied de la table sur laquelle j'avais buté.

Les yeux étincelant de colère, il me dévisagea, puis gronda. Il écumait de rage. Il passa sa longue langue de serpent sur ses lèvres épaisses et, furieux, cassa le pied sur sa cuisse. Le morceau éclata en de longues échardes qu'il lança violemment dans notre direction, sans nous atteindre heureusement.

— Filons, cria Colin tandis que les éclats de

bois rebondissaient sur le mur.

Nous montâmes l'escalier jusqu'au troisième étage. Le monstre nous suivait. Son pas lourd faisait trembler la maison.

— Il va nous rattraper, gémit Colin. Qu'est-ce qu'on va faire? Tu disais que tu avais une idée; ce serait le moment de t'en souvenir!

— Autrefois, il y avait un escalier au bout du couloir du troisième étage, dis-je en courant aussi vite que mes jambes le permettaient. Il s'est décroché et maintenant, il y a un grand trou. Tu as dû t'en apercevoir quand on jouait à cache-cache.

— Non, je ne suis pas allé jusque-là.

— Écoute, il reste juste la rampe. On va s'y suspendre dès qu'on y sera. Le monstre va nous poursuivre et tombera comme une masse dans le vide.

Un rugissement puissant me fit frissonner : la bête nous suivait, péniblement, mais elle nous suivait quand même.

— Viens, Colin, dépêchons-nous!

— Et si ça ne marche pas? Qu'est-ce qui se passera s'il est seulement blessé? Il deviendra encore plus furieux, non? demanda Colin d'une voix tremblante.

— Ne pose pas autant de questions. Il faut que ça marche, un point c'est tout, rétorquai-je d'un ton qui ne supportait pas la réplique.

Le monstre hurlait de rage et nous courûmes encore plus vite. Il n'était plus qu'à quelques enjambées de nous.

— Nous y sommes, Colin! Attrape la rampe, vite! criai-je.

Mon cœur battait à tout rompre, prêt à exploser. J'étais proche de la crise cardiaque. M'agrippant à la barre en fer avec l'énergie du désespoir, je rebondis durement sur le mur d'en face, et restai suspendue au-dessus du trou noir. Colin fit de même et se retrouva à mes côtés. C'est alors que le monstre tourna au coin du couloir.

Mon plan était-il le bon? Allait-il vraiment tomber dans le vide? Et si c'était le cas, se tuerait-il? Était-ce le bon moyen pour éliminer une créature aussi épouvantable?

24

Le monstre surgit et se cogna brutalement contre la rampe. Ses yeux étaient devenus tout rouges. Un affreux rugissement sortit de sa gueule béante. Déséquilibré, il se balança d'avant en arrière, essayant désespérément de ne pas tomber. Puis il plongea dans le vide.

Quand il atterrit tout en bas, il y eut un choc sourd. Puis ce fut le silence.

Colin et moi étions accrochés à la barre en fer rouillée, qui commença à craquer sous notre poids. Mes mains me faisaient mal. Mes doigts s'engourdissaient. Je savais que je ne pourrais pas tenir plus longtemps.

En bas, notre agresseur ne donnait pas signe de vie.

Scrutant l'obscurité, j'essayai de détecter un mouvement, mais il faisait trop sombre.

— Mes doigts glissent, gémit Colin.

Balançant ses jambes, il les accrocha à la rampe et remonta centimètre par centimètre, jusqu'à ce qu'il atteigne le plancher. Une fois en sécurité, il s'assit. Il me tendit la main et m'aida à le rejoindre. Nous nous penchâmes alors au-dessus du trou, mais ne pûmes rien discerner. L'obscurité était totale, comme le silence!

— On l'a eu! On l'a tué! triomphais-je en sautant de joie. On a tué le monstre!

— On l'a eu! On l'a eu! répéta Colin en m'imitant.

Nous descendîmes l'escalier en courant et fîmes sortir Kilim de la salle de bain.

— Tout va bien, lui dis-je en le serrant dans mes bras. L'affreuse bête est morte.

— Cherchons une issue! Partons vite d'ici, s'écria Colin. Allons à pied jusqu'à la ville. On appellera les parents depuis l'épicerie et on leur demandera de venir nous délivrer.

Tout heureux, nous dansions presque en arrivant à la bibliothèque du premier.

— Reste ici et tiens Kilim, je vais casser cette vitre pour que nous puissions nous échapper. Malheureusement, le chandelier dont j'avais voulu me servir tout à l'heure était introuvable.

— Attends-moi ici, j'ai dû le laisser en haut.

Je reviens tout de suite.

Tandis que je me précipitais vers la salle de
bain où je pensais l'avoir déposé, une seule idée
me motivait : filer dehors au plus vite, quitter
cette maison de malheur, ces lugubres marécages
et raconter à papa et Lucie à quel point ils
avaient été inconscients de nous abandonner
dans une maison habitée par un monstre des
marais!

Je montai l'escalier qui menait au deuxième
étage. Je m'arrêtai brusquement, à trois marches
du palier.

Un faible grognement me fit tendre l'oreille.

Était-ce Kilim?

Non, mon chien ne grognait pas ainsi!

Et puis, j'entendis des pas lourds. Ceux de
l'horrible créature. Elle était là, de plus en plus
près. Elle n'était donc pas morte!

— Colin, hurlai-je!

Je revins à la bibliothèque, les jambes en coton, tremblant de tous mes membres.

— Colin! Le monstre est encore vivant!

L'immense pièce était vide.

— Colin, où es-tu? hurlai-je

— À la cuisine, répondit-il tranquillement. Je donne à manger à Kilim.

Je rejoignis le rez-de-chaussée plus vite qu'une fusée. Je les trouvai tous les deux assis par terre, Kilim lapant de l'eau avec satisfaction.

— Il ne s'est pas tué en tombant! m'écriai-je.

Horrifié, Colin resta bouche bée :

— Il doit être complètement enragé. C'est affreux! Qu'est-ce qu'on va faire?

— J'ai une autre idée. En attendant, cache Kilim dans le réduit du fond.

— J'espère que ton idée est meilleure que

la première!

— C'est trop facile. Tu en as une, toi? Propose autre chose, si tu veux!

Évidemment, il n'avait rien à proposer!

Colin entraîna Kilim dans le réduit.

De mon côté, je pris l'une des tartes à la rhubarbe qui traînait sur la table.

— Le monstre est vorace et gourmand, rappelai-je. Alors, on va mettre la tarte bien en évidence, pour qu'il la voie. Il ne pourra pas s'empêcher d'en avoir envie et de la manger...

— Mais ça ne lui prendra qu'une minute. Il va l'avaler en une bouchée, et après, il nous...

— Eh bien non! Et tu sais pourquoi? On va empoisonner cette tarte. La farcir de poison!

— Tu crois... tu crois vraiment? fit Colin, songeur. Et si ça ne marchait pas?

— Écoute, on n'a pas le choix. Il faut bien tenter quelque chose.

Je regardai sous l'évier. Je pris une bouteille de térébenthine si bien fermée que j'eus du mal à dévisser le bouchon.

— Beurk! Ça sent mauvais, se plaignit Colin en se bouchant le nez.

Lorsque j'eus déversé toute la bouteille, la tarte luisait et ruisselait.

— Bon, trouvons quelque chose pour absorber la térébenthine. Ah, ça devrait faire l'affaire, dis-je à Colin en lui montrant un bidon de produit à déboucher les éviers.

Je déposai une bonne couche de cristaux bleuâtres qui firent pétiller la rhubarbe.

— Ça devrait suffire, estima Colin.

Ignorant sa remarque, je replongeai sous l'évier et en ressortis un flacon de mort aux rats. Parfait! Ensuite, je complétai le mélange avec un peu d'ammoniac.

— Dépêche-toi, il arrive! annonça Colin. Je l'entends, il est juste à côté.

En effet, plus proches, les grondements me firent sursauter.

Je terminai ma préparation avec une bonne couche de peinture orange.

— Assez comme ça, dit Colin, pris de panique.

— D'accord, d'accord, je veux seulement que ça ne rate pas, fis-je en ajoutant une bonne pincée d'antimite.

— Vite, Barbara! Le voilà! cria Colin.

À peine avions-nous trouvé refuge sous la table que le monstre s'avança lourdement. De notre cachette je le vis remuer sauvagement ses bras et jeter par terre tout ce qui se trouvait à sa portée, la vaisselle, les verres, les bouteilles...

Lorsqu'il se tourna vers nous, mon cœur faillit s'arrêter de battre. Hésitant, il fit un pas en direction de la table, puis un autre...

Serrés l'un contre l'autre, nous tremblions comme des feuilles.

Soudain, je compris avec horreur qu'il nous avait repérés. Nous étions coincés!

Qu'allait-il faire de nous?

26

La bête arriva si près de la table que je sentis l'odeur aigre de sa fourrure.

Terrorisé, Colin ne pouvait pas s'empêcher de geindre tout bas. J'appliquai mes deux mains sur sa bouche et fermai les yeux.

Le monstre reniflait tout, comme un chien qui cherche un os.

Quand je rouvris les yeux, il s'était éloigné, et je poussai un soupir de soulagement.

La créature continuait de flairer bruyamment, comme si elle cherchait quelque chose. Elle inspecta le frigidaire, le poêle, arpentant la cuisine de son pas lourd.

Le monstre avait senti notre odeur, mais ne nous avait pas encore découverts.

— Mange ma tarte, mange-la, je t'en supplie! murmurai-je.

Retournant vers la cuisinière, il arracha la

porte du four de ses gonds et la jeta en travers de la pièce. Elle heurta le mur avec un bruit horrible, qui effraya tellement Colin qu'il sursauta et se cogna la tête contre la table. Il gémit de douleur.

— Regarde ça, lui chuchotai-je à l'oreille.

Le monstre sortit deux tartes qui étaient restés dans le four et les jeta dans sa gueule. Si seulement ça avait été la nôtre...

— S'il mange tout ça, il n'aura plus faim pour la nôtre! se lamenta Colin.

C'était mal connaître cette bête immonde. Elle se remit à arpenter pesamment la cuisine, en reniflant toujours.

— Il a encore faim, constatai-je. Vas-y, mange notre délicieuse tarte!

Alors, il se dirigea vers le buffet où je l'avais mise bien en évidence. Il s'arrêta. Génial, il l'avait vue! Il la considéra un moment, puis la porta à son nez et mordit dedans.

— Ça y est, il la mange! chuchotai-je, excitée.

Une bouchée après l'autre, il la dévora jusqu'au dernier morceau. Puis il se lécha les babines tout en se frottant l'estomac.

Aussi incroyable que ça puisse paraître, il avait aimé notre tarte empoisonnée!

27

Je n'en croyais pas mes yeux. Le monstre des marais passa sa longue langue de reptile sur ses lèvres et ramassa les miettes.

— Ça n'a pas marché, il a adoré ça! dit Colin d'un ton geignard. Qu'est-ce qu'on va faire?

Ramenant ses deux genoux contre sa poitrine, il les tint serrés dans ses bras pour les empêcher de s'entrechoquer.

Soudain, la bête émit un long grognement. Les yeux exorbités, elle laissa échapper un râle étouffé et se prit le cou à deux mains. Son estomac gargouilla effroyablement.

Poussant un cri de douleur et de surprise, elle tomba sur le sol... toute raide!

— Cette fois, ça y est, on l'a eu! triomphai-je.

Je quittai notre cachette et examinai notre victime de loin, préférant rester à distance au cas où cette bête immonde ne serait pas tout à fait morte.

Je restai là un long moment à regarder ses paupières couvertes d'écailles, enfin fermées. Son corps était immobile. Sa poitrine ne se soulevait plus.

— Tu... tu crois qu'il est vraiment mort? bégaya Colin.

— Oui, et pour de bon. On lui a réglé son compte, cette fois!

Laissant éclater ma joie, je me mis à chanter :

— On a réussi! On a réussi...

Colin sortit *Les créatures de la vase* de la poche arrière de son jean, et lança la BD à travers la pièce. Elle atteignit la tête du monstre.

— Je ne lirai plus jamais des idioties pareilles! jura-t-il.

Kilim gratta à la porte du réduit et j'allai lui ouvrir. Tout heureux, il se rua dans la cuisine et j'eus beaucoup de mal à le calmer.

— Tout va bien maintenant, tout est fini, mon chien, le rassurai-je.

Machinalement, je jetai un coup d'œil dans la pièce où nous l'avions enfermé.

— Colin, il y a une porte qui mène dehors et une fenêtre. Si on essayait de s'échapper par là?

En pénétrant dans ce réduit, je me pris les

pieds dans un manche à balai qui traînait sur le sol. Malgré la pénombre, je remarquai deux pelles rouillées, appuyées contre le mur et un tuyau d'arrosage gisant sur le côté opposé.

Par la fenêtre, j'aperçus le petit sentier qui s'enfonçait dans le marécage.

Où pouvait-il conduire : à la ville ou dans les marais? Peu importait, le plus urgent était de nous enfuir de cette maison.

— C'est comme si c'était fait, m'écriai-je. On est presque libres.

— Oui, seulement la porte est fermée à clé, comme les autres, constata Colin.

— Ce n'est pas grave, je vais casser la vitre.

Les pelles étaient suffisamment lourdes pour briser un carreau. Je parvins à en soulever une et pris mon élan. Au moment où j'allais la lancer, je sentis le sol trembler sous mes pieds et j'entendis un grondement!

Celui du monstre.

Non! Il n'était toujours pas mort!

28

L'horrible créature apparut sur le seuil et fit un grand pas en avant. Son crâne affreux racla l'embrasure de la porte comme une lime, mais la bête n'eut pas l'air d'en être gênée.

Collés contre le mur du fond, Colin et moi poussâmes un hurlement de terreur.

Affolé, Kilim se tassa dans un coin en gémissant. Toute fuite étant impossible, nous étions coincés, faits comme des rats!

Le monstre nous regarda à tour de rôle, puis gronda de plaisir.

— Il va me dévorer en premier, affirma Colin. Je n'aurais jamais dû lui jeter ma BD à la figure.

— Si ça peut te rassurer, il va tous nous exterminer, dis-je, terrifiée. Parce que nous avons tous essayé de le tuer. Il faut absolument faire quelque chose.

— Oui, mais quoi?

Le monstre fit encore un pas, ouvrant sa gueule, faisant claquer ses dents jaunes bien aiguisées. Une salive épaisse coula de sa gueule.

Avançant de plus en plus, il nous fixait de ses yeux luisants et rouges.

Tout à coup, je m'aperçus que je tenais encore la pelle. La soulevant des deux mains, je fis des moulinets pour le tenir à distance.

— Va-t'en! lui criai -je. Fiche-nous la paix, à la fin! Allez, recule, fiche le camp, hurlai-je en lui portant dans l'estomac un coup qui aurait pu assommer un bœuf.

D'abord silencieux, il rejeta sa tête en arrière et poussa un grognement terrible qui ébranla les murs du réduit.

Titubant, il m'arracha la pelle des mains et la lança dans la cuisine, comme si c'était un vulgaire brin de paille.

Je me souvins alors qu'il y en avait une autre, et voulus m'en emparer. Mais le monstre devina mon intention et l'attrapa. Il la brisa en deux avec ses mains puissantes et en rejeta les morceaux.

Il fallait absolument trouver une idée. Brusquement un éclair me traversa l'esprit : la deuxième lettre des grands-parents! Celle que nous n'avions pas ouverte.

— Colin, vite, ouvre la deuxième lettre. Elle nous dira peut-être ce qu'il faut faire.

Glacé d'effroi, il me dévisageait sans me voir, les yeux dans le vague.

— Colin, articulai-je à travers mes dents serrées. Ouvre-la... tout de suite!

Il réagit. D'une main tremblante, il parvint à sortir l'enveloppe de sa poche et tâtonna pour la décacheter.

— Vite, Colin! hurlai-je.

Enfin, il finit par déchirer un des coins.

Trop tard!

Le monstre avait plongé sur moi, m'arrachant un hurlement.

Attrapant un de mes bras, il me secoua comme un prunier avant de m'attirer à lui.

29

Le monstre me plaqua contre sa fourrure parsemée de mousse humide.

Dégoûtée, je pus voir de près son ignoble visage, ses yeux globuleux, injectés de sang.

Je détournai la tête, horrifiée.

Maintenant son étreinte, il souffla sur moi son haleine fétide. Puis, il ouvrit sa gueule toute grande. Hurlant de toute la force de mes poumons, je me débattais comme je pouvais. Mais il me serrait de plus en plus fort.

— Laisse-moi, laisse-moi partir... suppliai-je.

Il me répondit par un beuglement. Son souffle nauséabond me frappa de plein fouet.

Je reconnus l'odeur du marais. Tentant de me libérer, je frappai son bras de mon poing libre.

— S'il te plaît, laisse-moi partir, répétai-je.

Colin tenta de me dégager en me tirant par le bras de toutes ses forces.

— Lâche-la! cria-t-il.

Kilim se précipita à son tour, les babines retroussées. Grognant férocement, il planta ses crocs dans la patte poilue du monstre.

Étonné, celui-ci recula, m'entraînant avec lui. Mais Kilim ne lâchait pas prise. Ses dents restaient enfoncées profondément dans la chair. En grondant, la créature leva la jambe et, d'une secousse brutale, fit voler le chien à travers le réduit.

— Kilim, Kilim... me lamentai-je.

— Il n'a rien, me rassura Colin qui tentait toujours de me libérer.

La bête s'en prit alors à lui et l'envoya balader contre le mur. Me tenant toujours fermement, il m'éleva à la hauteur de sa tête. Ouvrant la bouche toute grande, le monstre déroula sa langue de serpent.

Et il se mit à lécher mon bras de haut en bas et de bas en haut.

Puis il ouvrit sa gueule et se prépara à croquer ma main!

— Nooooon! hurlai-je tellement fort que ma
gorge me brûla.

Le monstre avait les mâchoires écartées
pour dévorer ma main. Tout à coup, il lâcha
brusquement prise et me laissa partir.

Il recula, ses yeux exorbités et humides
fixant mon bras couvert de sa salive dégoûtante.
Puis, levant ses deux mains, il serra sa gorge.
Cherchant l'air, ne pouvant plus respirer,
il arriva à articuler d'une voix étouffée :

— Quel... quel âge as-tu?

— Dou... douze ans, bégayai-je.

— Quoi... hein? Voilà qu'il parle maintenant,
bredouilla Colin, à moitié assommé.

Visiblement désespéré, le monstre rejeta sa
tête en arrière et grogna :

— Oh, non! J'ai une allergie mortelle aux
enfants de douze ans.

Les yeux révulsés, il trébucha et vint s'écrouler contre la porte, qui céda sous son poids. Le marais et le coucher du soleil apparurent.

Puis il resta là, allongé sur le ventre, immobile! Sans le quitter des yeux, je m'essuyai le bras : était-il vraiment mort, cette fois-ci?

31

— Allez, Barbara, on s'en va! dit Colin en me poussant brutalement vers l'encadrement de la porte défoncée.

En enjambant le monstre, je jetai un coup d'œil sur lui. Inerte, il avait les yeux fermés et ne respirait plus.

— Vite, Barbara, filons!

Doutant toujours que l'horrible créature soit morte, je ne pus m'empêcher de la regarder une dernière fois. Mais ce dont j'étais réellement certaine, c'est que je n'allais pas rester plantée là plus longtemps pour le vérifier!

Nous passâmes le seuil en courant et retrouvâmes Kilim qui nous attendait déjà dehors, sagement assis. Nous nous précipitâmes sur le petit chemin qui s'enfonçait dans les marécages.

Je fus stupéfaite que la nuit tombe aussi vite.

Cela prouvait que nous avions lutté avec la bête une bonne partie de l'après-midi...

La lune s'était levée et brillait entre les cyprès, les éclairant d'une lueur bleuâtre, fantastique.

La boue me montait jusqu'aux chevilles. Nous avancions péniblement sur le sol spongieux, à travers de hautes herbes et la brume.

Nous étions tellement affolés et éreintés que nous eûmes bien du mal à éviter les trous d'eau profonds où des racines étaient enfouies.

Sur notre passage, j'écartai avec de grands gestes brusques les longs filaments gris qui pendaient des arbres. Je les arrachais lorsqu'ils se plaquaient sur mon visage. Nous nous arrêtâmes quand nous fûmes suffisamment loin de la maison.

Le monstre nous avait-il suivis?

Je tendis l'oreille.

Mais je ne perçus aucun piétinement sourd, aucun grognement suspect.

— Cette fois, ça y est. Il est mort, c'est sûr! m'écriai-je, soulagée.

— Oui, ajouta Colin. Nous sommes enfin libres!

Peu à peu, la tension accumulée se relâcha et

nous ne prîmes plus de précautions, évitant juste les mares obscures et les racines tordues.

Mais l'atmosphère n'était malgré tout pas très agréable : la nuit se peupla de sons étranges, gloussements, pas rapides, cris perçants. J'essayais de ne pas y prêter attention.

De toute façon, rien ne pouvait être pire que la bataille que nous venions de remporter.

— Dis donc, Colin, et l'autre lettre, on ne l'a jamais lue? lui fis-je remarquer.

— On s'en moque, puisque la créature est morte. Dans la première, ils nous conseillaient bien de la tuer, non?

— Où est-elle, cette lettre? Je veux savoir ce qu'elle raconte!

Colin sortit l'enveloppe toute chiffonnée de la poche de son jean. Pendant qu'il la dépliait, un cri féroce traversa le marécage.

— Je ne crois pas que ce soit nécessaire de la lire maintenant, tu sais, murmura Colin. On devrait plutôt attendre d'être en ville, quand on aura téléphoné aux parents.

— Non, lis-la tout de suite. Tu ne veux pas savoir ce qu'ils conseillent?

— Pas vraiment, non... fit-il en claquant des dents.

— Moi, oui!

— Bon, d'accord, céda-t-il.

Décachetant l'enveloppe, il en retira une feuille de grand-papa.

Un vent léger se leva qui rendit plus proches les cris des animaux. Impressionnants, les arbres noirs frémissaient.

Colin commença, lentement :

« Mes chers enfants, nous espérons que tout va bien, mais dans notre première lettre, nous avons oublié de vous prévenir de quelque chose. Si le monstre sort de la pièce où il est enfermé... et si vous le tuez... si vous vous échappez de la maison, surtout restez sur la route. Ne vous engagez sous aucun prétexte dans le marais. »

Colin poussa un gémissement et faillit s'évanouir.

— Allez, continue... ordonnai-je.

Malgré l'obscurité il poursuivit : « La famille du monstre vit dans le marais. Ils sont plus de douze... Nous pensons qu'ils vous attendent à bras ouverts! »

Mon cœur se mit à battre plus vite.

Colin reprit : « Nous les avons vus dans le marécage et nous les avons entendus siffler. Ils sont probablement furieux que l'un d'entre eux

ait été capturé et ils patientent, pour se venger.
Donc, quoi qu'il arrive, évitez à tout prix le
marais. Bonne chance à tous les deux. »

C'était signé : « Rose et Eddy qui vous
aiment. » Ému, Colin laissa tomber la lettre,
qui atterrit sur le sol détrempé.

Me tournant posément, j'aperçus des ombres
qui se déplaçaient autour de nous.

— Barbara, tu entends ça, parvint à dire Colin
d'une voix étouffée. Qu'est-ce que c'est?

— Euh! ça m'a tout l'air d'un sifflement, tu ne
crois pas?

— C'est bien ce que je pensais, murmura-t-il.
Qu'est-ce qu'on fait? Tu as une idée?

— Non, aucune... et toi?